ALASKA/KANADA

PAZI...

KAMTSCHATKA

Petropawlowsk

Yelizowo

Awatscha-Bucht

Ust-Bolscheretsk

Oktjabrski

OCHOTSKISCHES MEER

Osernoja

Pauschetka

Kurilensee

Vulkane:
1 Korjaksky, 3456m
2 Awatscha, 2751m
3 Kozelsky, 2189m
4 Ilinsky, 1577m
5 Kambalny, 2161m

PAZIFIK

Kambalnoy-See

Kap Lopatka

Jan. 2011

Ungezähmt

Für Martha,
Dir wünsche ich
wunderbar magische
Bärenträume!

Reno Sommerhalder

Ungezähmt

Mein Leben auf den Spuren der Bären

Aufgezeichnet von Jürg Sommerhalder

Mit einem Nachwort
von Prof. Dr. med. vet. Bernd Schildger

© 2011 Wörterseh Verlag, Gockhausen

Mitarbeit: Joachim Lienert, www.volltext.ch, Männedorf
Lektorat: Jürg Fischer, Zürich; Andrea Leuthold, Zürich
Korrektorat: Andrea Leuthold, Zürich; Claudia Bislin, Zürich
Umschlaggestaltung: Thomas Jarzina, Holzkirchen
Foto Umschlag vorne: Andrea Pfeuti
Foto Umschlag hinten: Reno Sommerhalder (Das Foto zeigt die Bärin,
die Sky sein könnte, mit ihrem Nachwuchs.)
Fotos Bildteil: Reno Sommerhalder, Kanada (Andere Fotos sind gekenn-
zeichnet.)
Karten: Sonja Schenk, Zürich
Layout, Satz und herstellerische Betreuung:
Rolf Schöner, Buchherstellung, Aarau
Lithografie: Tamedia Production Services, Zürich
Druck und Bindung: CPI – Ebner & Spiegel, Ulm

ISBN 978-3-03763-020-4

www.woerterseh.ch

»When one tugs on a single thing in nature,
they find it attached to the rest of the world.«

»Rührt man an einem einzelnen Ding in der Natur,
entdeckt man, dass es mit dem Rest der Welt zusammenhängt.«

John Muir, Gründer des Yosemite-Nationalparks
(1838–1914)

The Wave

I pick a few salmon colored soap berries.
After a few nights of frost they are sweet at first
but always, the bitterness sets in.
I begin to learn enjoying this taste,
but mostly in honor of the bear.

I watched a grizzly this morning.
In its hyperphagia state it missed my presence
but it still detected me first.
Wrapped in it's fat, silvery blanket it shuffled off
and vanished ghost like, noiseless,
below the rustling golden aspen trees.

On a day like this I want to eat the landscape.
Seeing, smelling and touching it is not enough.
I want to be the wind that swirls the brilliant leaves
    through scented air.
And I want to be the bear that shuffles off
    into that solemn fall storm.

It is passion and gratitude which fills my lungs
for that I've been reborn in such a splendid land.

Die Welle

Ich pflücke einige der lachsfarbenen Beeren
Nach einigen Frostnächten sind sie zunächst süß,
aber wie immer folgt eine bittere Note.
Ich beginne, diesen Geschmack zu mögen,
wenn auch hauptsächlich zu Ehren des Bären.

Heute Morgen beobachtete ich einen Grizzly.
In seinem vollgefressenen Zustand nahm er kaum Notiz von mir,
und doch bin ich sicher, dass er mich zuerst entdeckt hatte.
In seine fette silberne Decke gehüllt, trollte er sich
Und verschwand wie ein Gespenst, lautlos
zwischen den raschelnden goldenen Eschen.

An einem Tag wie diesem möchte ich die Landschaft
   verschlingen.
Sehen, Riechen, Berühren reicht nicht.
Ich möchte der Wind sein, der die glänzenden Blätter
   durch die duftende Luft wirbelt.
Und ich möchte der Bär sein, der durch diesen feierlichen
   Herbststurm trottet.

Leidenschaft füllt meine Lungen und Dankbarkeit,
dass ich in so einem großartigen Land wiedergeboren wurde.

Reno, Kanada 1993

Inhalt

Ein Traum geht in Erfüllung

Kamtschatka, 2004. Der MI-8, ein alter sowjetischer Armeehubschrauber, donnert einem entlegenen Zipfel im Süden der russischen Halbinsel Kamtschatka entgegen. Die Vibrationen der Rotorblätter übertragen sich auf jeden Gegenstand am und im Helikopter, schütteln meine Knochen durch und lassen meine Zähne klappern.

In der Maschine sitzen außer mir nur noch die beiden Piloten und der Bordingenieur. Mit dieser Reise folge ich einer Einladung des großen Charlie Russell. Er hat vor wenigen Wochen vom Direktor des Yuzhno Kamchatsky Zapovednik, eines Naturschutzreservats, fünf durch Wilderei verwaiste Jungbären erhalten und benötigt Hilfe bei deren Auswilderung.

Charlie ist eine Koryphäe unter den Bärenspezialisten dieser Welt. Allerdings muss man wissen, dass da zwei Parallelwelten existieren: diejenige der Akademiker, der studierten Biologen und Zoologen sowie die andere der nichtakademischen »naturalists«. Obschon beide Gruppen unzweifelhaft ihre Stärken haben und sich gegenseitig hervorragend ergänzen würden, finden sie oft nicht zueinander: Die eine lehnt in der Regel die Methoden und Ansichten der jeweils anderen ab.

Charlie Russell also ist einer der »top shots« aus der Welt der Nichtakademiker. Allerdings einer, der sich mit seinen Arbeiten auch in der akademischen Welt Gehör verschafft hat. Seit zehn Jahren lebt er in Kamtschatka und studiert hier das Verhalten des *Ursus arctos*, des Braunbären. Sein besonderes Interesse gilt dem Verhalten dieser Art gegenüber dem Menschen.

Charlie plädiert für ein friedliches Zusammenleben mit dem Bären, für einen alternativen, weniger dominanten Ansatz des Menschen im Umgang mit ihm. So sieht sich der knorrige Einsiedler selbst auch viel eher als Soziologe denn als Biologe. Charlie hat die sechzig längst überschritten und arbeitet seit über vierzig Jahren mit Bären. Er ist ein großes Vorbild, seine Bücher und Filme waren und sind mir nicht nur Inspiration, sondern auch Bestätigung meiner eigenen Ansichten. Zwar haben wir uns im Laufe der Jahre angefreundet; dass Charlie aber ausgerechnet mich zur Unterstützung nach Kamtschatka holt, ist eine so unerwartete wie ehrenvolle Anerkennung meiner Arbeit.

Ich drücke meine Nase ans Fenster des Hubschraubers und schaue nach unten. Die russische Tundra: Steinbirken- und Zwergpinienwälder wechseln sich ab mit saftiggrünen, blumendurchsetzten Magerwiesen sowie unzähligen Flüssen, Bächen, Seen und Tümpeln.

Riesige Vulkankegel erheben sich aus dieser herrlichen Landschaft, die so sanft und rau zugleich unter mir vorbeizieht. Ich zähle einen, zwei, fünf Vulkane und mache am Horizont immer wieder einen neuen aus.

Die Halbinsel Kamtschatka gehört zum ostasiatischen Teil Russlands. Weiter östlich liegt bereits das benachbarte Alaska, und vom ganz im Süden gelegenen Kap Lopatka aus deutet die Inselkette der Kurilen einem ausgestreckten Zeigefinger gleich in Richtung der japanischen Inseln. Mit über hundertfünfzig teilweise aktiven Vulkanen ist Kamtschatka eine der vulkanreichsten Gegenden der Erde.

Ausgangspunkt der letzten Etappe meiner langen Reise nach Russland war Petropawlowsk. Die einzige Großstadt auf der

12

Halbinsel – die Einheimischen nennen sie liebevoll P. K. – beherbergt knapp 200 000 Einwohner. Das ist mehr als die Hälfte der Gesamtbevölkerung Kamtschatkas: Auf einer Fläche so groß wie die Schweiz, Deutschland und Österreich zusammengenommen leben hier nur gerade 380 000 Menschen.

Vor dem Zusammenbruch der Sowjetunion war die Region während fünfzig Jahren militärisches Sperrgebiet und der Zugang nicht nur Ausländern, sondern auch den Russen verwehrt. Die Wildnis Kamtschatkas war zum Zeitpunkt der Entmilitarisierung deshalb nahezu unberührt und intakt. Sie gehorchte noch den alten Rhythmen der Natur. In Anerkennung ihrer Schönheit und biologischen Vielfalt erklärten die Vereinten Nationen im Jahre 1996 einige Flecken der Halbinsel zum Unesco-Weltnaturerbe.

Die 1500 Kilometer lange Küste Kamtschatkas ist weltweit eines der letzten mächtigen Hoheitsgebiete des pazifischen Lachses. Mehr als ein Viertel seiner noch existierenden Gesamtpopulation belebt die Wasserwege der Halbinsel. Außerdem gedeihen hier rund 1100 Pflanzenarten, ein Zehntel davon endemisch, sie kommen also nirgendwo sonst auf der Erde vor. Gegen hundert Vogelarten werden dieser Region zugeordnet, darunter der Riesenseeadler, *Haliaeetus pelagicus*. Die erst nach der Öffnung Kamtschatkas entdeckte Population dieser extrem bedrohten Vogelart hat ihren weltweit bekannten Bestand nahezu verdoppelt.

Doch der wahre König dieses Ökosystems ist der Braunbär. Die wilde, naturbelassene Abgeschiedenheit der Gegend und ihr botanischer Artenreichtum bieten ideale Voraussetzungen für Meister Petz. Er erreicht hier mit 15 000 bis 20 000 Exemplaren weltweit eine der höchsten Populationsdichten.

Kurz erhasche ich hinter einer nahen Hügelkuppe einen Blick

auf die Ochotskische See. So nahe an der Küste herrscht hier ein raues und starken Schwankungen unterworfenes Klima. Während die Seen im Juli noch zugefroren sein können, vermag es doch dreißig und mehr Grad warm zu werden. Harte, kalte Winde fegen aber von der See her ganzjährig übers Land und sorgen auf einer Höhe von nur 300 Metern über Meer für eine hochalpine Flora.

Und dann erblicke ich sie aus dem Helikopterfenster: dunkle Punkte, die, aus der Höhe klein und käfergleich, umherzukrabbeln scheinen. Meine Augen suchen die Landschaft ab, wandern den Flussläufen entlang, welche die Ebene unter mir in einem tausendfach verzweigten Netz durchziehen. Ich beginne zu zählen, gebe aber rasch auf. Charlie hat mit seiner telefonischen Ankündigung nicht übertrieben: Überall sind Bären, auf der Suche nach Lachs, Blüten und Wurzeln oder einem beerenreichen Busch.

Die Sonne taucht den Horizont in warmes rotes Licht. Das Netz der Flussläufe glitzert in Blautönen. Das Grün der Vegetation leuchtet satt und dunkel und so intensiv, dass ich ihren würzigen Duft zu riechen glaube. In diesem Farbenmeer tauchen immer wieder die Bärenpunkte auf. Bewegen sie sich nicht, könnte man meinen, sie seien Brocken erstarrter Lava, ziellos ausgespuckt von einem Vulkan und seit Ewigkeiten erstarrt. Doch ziellos ist hier nichts, schon gar nicht die Bären: Ich entdecke subtile Nuancen im Bewuchs der Tundra. Von helleren, verzweigten Linien wird sie durchzogen, feinen Adern gleich. Wäre dies nicht eine der menschenleersten Regionen der Welt, man würde die Linien für Wanderwege halten. Trampelpfade sind es tatsächlich, geschaffen von Bärentatzen.

Die einzigen Menschen, die es außer uns im Umkreis von mehreren Tausend Quadratkilometern gibt, leben ganz unten an der

Spitze der Halbinsel in einem Leuchtturm am Kap Lopatka. Ihre Aufgabe ist es, das Meer zu beobachten. Nirgends entdecke ich menschliche Spuren: Weder Strom- noch Telefonleitungen zeichnen schwarze Linien in die Landschaft, keine Straße zerschneidet sie, nirgends auch nur ein Ansatz von Urbanisierung oder Landwirtschaft, weder Dorf noch Stadt, weder Haus noch Hütte sind auszumachen. Der einzige Mensch, den ich hier während der nächsten vier Monate sehen werde, ist Charlie Russell.

Der Hubschrauber landet schließlich in der Nähe einer Blockhütte, die sich am Ufer eines kleinen Sees in einen Talkessel schmiegt. Als ich mit eingezogenem Kopf aus dem Helikopter klettere, entdecke ich Charlie, der beim Landeplatz wartet. Ein breites Grinsen und eine kurze Umarmung müssen im Sturm der Rotorblätter genügen, denn mir bleibt kaum Zeit, das Gepäck aus dem Hubschrauber zu zerren, bevor der Pilot die Maschine steil hochzieht und sie dröhnend hinter die nächste Anhöhe entschwindet.

Wir gehen die paar Schritte bis zu Charlies selbst gebauter Hütte. Sie ist etwa fünf auf zehn Meter groß und mit roh gezimmerten Holzmöbeln ausgestattet. Ein paar Solarpaneele und ein Windrad spenden ein wenig Strom für PC und Satellitentelefon. Und für den Elektrozaun, der das Gehege neben dem Haus umgibt, um dessen Bewohner vor hungrigen Bärenmännchen zu schützen. Zum ersten Mal begegne ich meinen Adoptivkindern. Die fünf tapsigen Wollknäuel horchen sofort auf, als sie unsere Stimmen hören. Alle fünf heben gleichzeitig den Kopf, spitzen die Ohren und blicken uns mit großen Augen an.

Wir öffnen das Gatter und treten vorsichtig ins Gehege. Die Bärenwelpen weichen scheu zurück, beäugen vor allem mich misstrauisch und blaffen zaghaft. Wir setzen uns auf den Boden, und die Neugierde treibt die Jungen an, näher zu kommen. Doch auf jeden vorsichtigen Schritt in meine Richtung folgt sogleich ein Zurückweichen um zwei Schritte. Charlie lacht. Er hat dem Quintett bereits Namen gegeben und stellt mir die Kleinen nun vor: »Das da ist Sheena und der Dunkle dort Buck. Die Blonde nenne ich Sky, und dann haben wir noch den forschen Wilder und seine Schwester Gina.«

Wir lassen die Jungen für heute in Frieden und tragen gemeinsam mein Gepäck in die Hütte, wo Charlie mir einen Kaffee braut. Als ich wenig später erschöpft ins Bett falle, kann ich kaum fassen, dass dieses Abenteuer wirklich begonnen hat. Nie hätte ich mir träumen lassen, dass mich mein Weg von meinen ersten naiven und lebensgefährlichen Schritten durch die nordamerikanische Wildnis zu einem gemeinsamen Projekt mit Charlie Russell in einer der bärenreichsten Gegenden der Erde führen würde.

Kindheit und Flegeljahre

Aufgewachsen bin ich in einer ganz normalen mittelständischen Schweizer Familie in Kloten. Mein Vater war sein Leben lang bei der Swissair angestellt, meine Mutter war Hausfrau und arbeitete nebenbei als Datatypistin beim »Klotener Anzeiger«. So lange ich zurückdenken kann, bewohnten wir dieselbe Fünfzimmerwohnung in einem Mehrfamilienhaus. Es steht in einem kinderreichen Quartier nicht weit vom Dorfkern.

Ich bin der mittlere von drei Brüdern. Der älteste, Jürg, ist zwei Jahre älter, der jüngste, Andreas, drei Jahre jünger als ich. Als ziemlich wilder Junge interessierte ich mich nicht sonderlich für die Natur. Ich durchlief die übliche Schulkarriere mit Primar- und Sekundarschule. Die Schule war mir weder Lust noch Last, ich war ein unauffälliger Schüler, aber ziemlich fleißig.

Sport, das war meine Leidenschaft. Alles, was mit Sport zu tun hatte, machte mir Spaß. Ich war ein gefährlicher (und gefährdeter) Skifahrer, ein schneller Läufer, mochte Eishockey und Boxen – vor allem aber den Fußball. Ich wurde ein ziemlich guter Fußballer und schaffte es als jüngster Spieler in die erste Mannschaft des FC Kloten.

Auch mein Vater war ein Sportfanatiker. Abgesehen von seinem Amt als Junioren-Fußballtrainer im Dorf übte er jedoch vorwiegend Fernsehsport aus. Wir schauten einfach alles: Formel 1, Motorradrennen, Leichtathletik, Fußball. Und den ganzen Winter hindurch natürlich jedes Skirennen. Dabei schauten

17

meist sogar die ansonsten wenig an Sport interessierten Brüder und Mama zu.

Unsere Eltern waren nicht besonders naturverbunden, nicht mehr jedenfalls als jede andere mittelständische Familie auch. Trotzdem gehören die Ausflüge in die Natur zu meinen schönsten Kindheitserinnerungen. Ein paar Sommer lang hatten wir einen Wohnwagen auf einem Campingplatz an der Reuß stehen und verbrachten dort die meisten Wochenenden. Für unsere Verhältnisse waren das schon ziemlich ambitionierte Outdoor-Aktivitäten, da wir Buben die Tage vorwiegend mit Fischen am Fluss verbrachten.

Übertroffen wurden diese Sommerwochenenden nur von unseren wenigen echten Ausflügen in die Natur. Sie fanden nicht oft statt, doch waren sie dafür umso beglückender: Ein- oder zweimal im Jahr mutierten die männlichen Mitglieder der Familie zu Naturburschen. Die Mutter blieb zu Hause (worüber sie nicht allzu unglücklich war), während mein Vater und wir Jungen uns auf das Abenteuer eines Anglerwochenendes einließen.

Diese Wochenenden verliefen nach einem klaren Schema: Am Freitag fuhren wir ins Gebiet des Grimselstausees im Berner Oberland. Stets richteten wir uns in einem Naturfreundehaus oder einer anderen karg ausgestatteten Hütte ein. Die lange Autofahrt hatte uns Kinder ganz zappelig gemacht, und wir konnten es kaum erwarten, hinaus in die Wälder zu springen, um mit Beil und Dolch in verrottetem Holz nach Holzwürmern zu suchen. Bis wir eine ausreichende Portion dieses vorzüglichen Fischköders beschafft hatten, war es Abend. Erschöpft genossen wir dann die heiße Gerstensuppe mit Wienerli, die unser Vater an diesen Abenden traditionsgemäß zubereitete.

Am Samstag standen wir in aller Herrgottsfrühe auf. An jedem anderen Samstag hätte man uns aus dem Bett prügeln

18

müssen, doch in den Bergen tickt die Natur anders und wir genauso. Samstag war der Bachtag: Wir pirschten uns den Läufen der Oberaare entlang den Fluss hinauf, überwanden riesige zerklüftete Felsbrocken, durchwateten Furten und balancierten auf den Stämmen umgestürzter Föhren über den wilden, reißenden Bergbach. Mit kindlichem Eifer warfen wir unsere Angeln aus und hofften auf einen Fang. Meistens klappte das auch, und wir wurden mit wunderschönen, rot getupften Bachforellen belohnt.

Wie richtige Jäger und Sammler – und insofern ganz wie Bären – nahm jeder von uns gebührend Abstand zum anderen und versuchte, die besten Fischlöcher für sich zu beanspruchen. Wir fischten schweigend, hoffend, dass der eigene Fang am Abend der größte sein würde. Ich liebte es, geduldig dem in der Strömung torkelnden Korkzapfen zuzuschauen, gespannt, wann er endlich in die grüne Tiefe gezogen, nein, gerissen werden würde vom sagenhaften Gewicht einer Monsterforelle.

Diese Momente hatten auch etwas Meditatives. Während die Aufmerksamkeit einzig auf die Bewegung des Schwimmers und den Verlauf der Strömung gerichtet war, konnte der sonst durch Mathe, Deutsch, Französisch, Pippi Langstrumpf oder Fußballtraining beanspruchte Geist frei fliegen.

Gegen Mittag nahmen wir die gefangenen Forellen aus, brieten und verzehrten sie am Lagerfeuer. Wenn wir ausnahmsweise keinen Fisch erwischt hatten, begnügten wir uns mit einem profaneren Landjäger. Am Nachmittag dösten wir in der Wiese liegend oder rafften uns dazu auf, noch einmal unser Anglerglück zu versuchen.

An diesen Abenden war unsere Müdigkeit von ganz eigener Qualität. Die ungewohnte Auseinandersetzung mit dem Archaischen, die wilde Berglandschaft, der Drill der wehrhaften Bachforellen an dünnstem Silk, der jeden Moment reißen konnte, das Töten und Verspeisen der Fische, schmutzige Hände und Gesichter, zerzauste Haare, der Dolch am Gurt, die Alpenrosen und die Heidelbeeren, stinkende Kuhfladen (in denen es sich, vorzugsweise mit kleinen Ästchen, zur Not aber auch mit dem Zeigefinger herrlich rumstochern lässt – die sich darin befindenden Fliegenlarven geben in einem bestimmten Reifegrad einen vorzüglichen Angelköder ab): Das alles berührte und bewegte uns mehr und auf andere Weise als das übliche Alltagseinerlei. Die dünne Bergluft und die anstrengenden Stunden am Bergbach taten ein Übriges: Kaum war die Sonne untergegangen und wir in unserer Hütte angekommen, fielen wir zufrieden und bis ins Innerste erfüllt augenblicklich in beinah komatösen Tiefschlaf.

Der Sonntag war dann der Seetag. Meistens mussten wir erst einmal mit geschulterten Rucksäcken einen per Auto nicht zugänglichen Bergsee erreichen. Der frühe Morgen gehörte so meist einer anstrengenden Bergwanderung. Unvergleichlich war dann das Gefühl, frierend mit einer wärmenden Tasse Ovomaltine aus Vaters Thermoskanne am Seeufer zu sitzen und die ersten ersehnten Sonnenstrahlen auf dem Gesicht zu spüren, die sich endlich über die Berggipfel stahlen.

See- und Regenbogenforellen fingen wir, und ab und zu auch einen der seltenen, wunderschönen Seesaiblinge. Abgesehen vom anstrengenden Anmarsch waren die Seetage geruhsamer. Keine wilde Strömung, welche permanent die Angel wegzureißen drohte, kein tosender Lärm, der jede Unterhaltung verunmöglichte, dafür mehr Zeit, umherzustreifen, kleine Bäche zu stauen, Murmeltiere und Gämsen zu entdecken suchen, durch Vaters Feldstecher zu spähen, um vielleicht einen der schwarzen Punkte am blauen Himmel – üblicherweise Bergdohlen – als

Steinadler identifizieren zu können. Manchmal blieb sogar Zeit, um der daheimgebliebenen Mutter einen Strauß Alpenrosen zu pflücken.

Der Jäger und Sammler schien damals bereits in mir zu schlummern, zeichnete sich doch bei mir ebenso wie bei meinen Brüdern ein gewisser Instinkt für den richtigen Ort und die richtige Zeit des Fangs ab. Ich erinnere mich an einen Anglerausflug, den nur Jürg und ich unternahmen. Wir waren beide schon in der Lehre und alleine losgezogen, um den Tag in einem gemieteten Ruderboot auf dem in der Nähe von Bern gelegenen Moossee zu verbringen.

Wir hatten auf ein paar Hechte gehofft, doch an diesem Tag schien uns kein Anglerglück beschieden. Wir gaben schließlich auf und ruderten zum Ufer zurück. Unsere Angelruten waren am Heck des Bootes befestig – wir hatten damit Wobbler hinter dem Boot hergezogen, künstliche Raubfischköder, die einen verletzten Fisch imitieren. Wir ließen die Köder so lange wie möglich draußen, auf einen Biss in letzter Sekunde hoffend. Erst als das Boot auf den Kiesstrand aufgefahren war, begannen wir, die Leinen einzuholen. Unvermittelt verspürte ich an meiner einen harten Ruck, und mit lautem Sirren begann die Angelschnur von der Rolle zu schießen, hinaus in den See. Ich wusste, da kämpfte etwas wirklich Großes an meiner Angel um sein Leben. Ich war selig, der siebte Fischerhimmel öffnete mir seine Pforten weit: Nach und nach bezwang und landete ich einen neunzig Zentimeter langen Hecht, in dessen riesigem Maul mein Kopf Platz gefunden hätte. Und damit wir uns richtig verstehen: Der Hecht ist tatsächlich so groß gewesen und in den letzten dreißig Jahren kaum gewachsen! Höchstens ein paar Fingerbreit.

Trotz dieser seltenen Anglerabenteuer war mein Weg als hochgradig naturverbundener Mensch nicht vorgezeichnet. Die ähnlich gelagerten Interessen meiner beiden Brüder werfen allerdings schon Fragen auf. Andreas war als Junge ein fanatischer Schlangenhalter, heute hat er eine Leidenschaft fürs Segeln und ist eine Botanik-Koryphäe: Er besitzt und führt in Basel die Firma Plantago, die sich auf naturnahen Gartenbau spezialisiert hat. Jürg ist zwar Informatiker geworden, er arbeitete zuvor jedoch ein paar Jahre lang als Pfleger am Tierspital Zürich. Seine privaten Interessen drehen sich um Naturfotografie und Biologie. Er hat sich dem Kleinsten verschrieben und geht mit Vorliebe mit dem Makroobjektiv in tropischen Regenwäldern auf Motivjagd. Außerdem betreibt er eine Biologie-Website und ist völlig vernarrt in Frösche, Schmetterlinge, Gottesanbeterinnen und andere Insekten. Wir drei Brüder fragen uns oft, woher diese hohe Wertschätzung der Natur in uns rührt. Eine schlüssige Antwort haben wir bislang nicht gefunden.

Nun zu einer Legende, zu der ich nicht vorbehaltlos stehen kann: Noch heute behauptet mein Bruder Jürg, ich sei damals ein im Dorf berüchtigter Herzensbrecher gewesen. Zweifellos war ich bei Mädchen und Jungs beliebt, ich hatte viele Freunde und Bekannte, und ja, natürlich auch die eine oder andere Freundin. So richtig glücklich war ich dabei aber nicht. Zwar ging ich mit ins Kino und ins Pub, konnte aber partout kein Interesse an den Themen der anderen entwickeln und so auch nicht wirklich an ihren Unterhaltungen teilnehmen. Mehr und mehr fühlte ich mich als Außenseiter. Irgendetwas trieb mich, ich war rastlos, unzufrieden, unerfüllt. Bestimmt ließen meine Sozialkompetenzen zu wünschen übrig, ich war zu sehr mit mir selbst beschäftigt, um ein guter Freund oder Partner zu sein. Auf der Suche nach dem Sinn, der Mitte, dem Lebensweg und der Leidenschaft verletzte ich so sicher auch andere Menschen, denn wer sich selbst noch nicht gefunden hat, findet auch nicht den Weg zu anderen.

Das bekam auch meine Mutter zu spüren. Für sie brachen harte Zeiten an, als ich nach dem neunten Schuljahr eine Lehre als Koch begann. Das war keineswegs mein Traumberuf (einen solchen hatte ich noch nicht einmal), aber immerhin einer, der mit mehr zusagte als andere. Eine Schnupperlehre als Automechaniker hatte mir schon am ersten Tag gezeigt, dass Technik nicht mein Ding ist. Und wer nicht Automechaniker wurde, der lernte eben Koch.

Wie schon als Schüler war ich auch als Lehrling überaus fleißig. Ich machte meine Lehre in der ETH-Kantine in Zürich. Dieser Arbeitsplatz bescherte mir, gemessen am Branchenstandard, relativ geregelte Arbeitszeiten, was mir neben der Ausbildung eine Fortsetzung meiner Fußballkarriere erlaubte. Ich legte also einen gewissen Eifer an den Tag, und mein zunehmendes Wissen um die Geheimnisse des großen Bocuse entlarvte die bürgerliche Hausfrauenküche meines Elternhauses als, na ja, bürgerlich eben. Und obschon Mamas Küche mir ein Leben lang gemundet und mehr als nur ihren Zweck erfüllt hatte, zögerte ich nicht, ihr ab sofort stets offen zu sagen, was sie meiner Meinung nach in der Küche alles falsch machte.

Letztlich gab mir aber auch das Kochen nicht den ersehnten Lebensinhalt, ich fühlte mich auch während der Lehrzeit ziemlich fehl am Platz. Aber noch immer spielte ich ambitioniert Fußball, immerhin daran konnte ich mich festhalten. Und irgendwann, ohne besonderen Anlass, begann ich damit, regelmäßig in nahe gelegene Wälder auf Erkundungstour zu gehen. Rehe, Füchse und deren gefiederte Freunde weckten mein Interesse. Diese Streifzüge gefielen mir mehr als irgendetwas sonst während der vergangenen Jahre. Und so wurden meine Wanderungen durch die heimische Natur immer ausgedehnter.

Nun erst öffnete sich in meinem Kopf die Tür zur Natur einen

Spaltbreit. Wo ich bisher nie ein anderes Tier als ein Eichhörnchen bemerkt hatte, setzte ich mich nun hin, beobachtete und lauschte. Und blickte mit einem Mal in die Augenpaare von drei Rehen, die mich, einen Steinwurf entfernt, stumm musterten. Wenn man nur still wird und sich dafür interessiert, ist es keine große Sache mehr, etwa einen Fuchsbau zu finden, vor dem junge Füchse vergnügt herumtollen und sich nichts daraus machen, dass man sich bis auf zwei, drei Schritte an sie herangeschlichen hat.

Nach und nach erschloss sich mir eine neue Welt, mal machte ich einen Dachsbau ausfindig, dann wieder lernte ich das Klopfen eines Buntspechts zu identifizieren und den Vogel aufzuspüren. Ich entdeckte die Schlafplätze von Rehen, ich lernte die Spuren von Wildschweinen und anderen Tieren zu erkennen und zu unterscheiden. Man braucht bloß innezuhalten und seine Sinne einzuschalten, und man entdeckt das Leben rund um sich herum. Legt man sich im Wald bäuchlings auf den Boden und schaut hin, eröffnet sich einem plötzlich eine Welt, mindestens so spannend wie Fernsehen und Computerspiele.

Wussten Sie, dass auf einem einzigen Quadratmeter Waldboden bis zu tausend Spinnentiere leben? Können Sie sich das Ausmaß an Drama, Tragödie, Kampf, Tod und Liebe ausmalen, das sich da tagtäglich abspielt? Ich hob ein Stück Rinde vom Boden auf, entdeckte darunter Asseln, die sofort hektisch wieder das Dunkle zu erreichen suchten. Wer weiß schon, dass die Landasseln, die zu Milliarden durch unsere Wälder wuseln, echte Krebse sind, die noch immer mittels Kiemen atmen, obschon sie seit Millionen von Jahren das Wasser verlassen haben? Dass sie bereits lange vor den Dinosauriern existiert und deren Herrschaft über die Erde überdauert haben? Mit jedem neuen kleinen Wunder, das ich entdeckte, öffnete sich die Tür in meinem Kopf weiter.

24

Dann, ich war gerade achtzehn Jahre alt geworden, die zweifellos erfolgreiche Lehrabschlussprüfung stand kurz bevor, flatterte der Marschbefehl für die militärische Aushebung ins Haus. Mein älterer Bruder hatte zwei Jahre zuvor den Widerstand geprobt und sich gegen seine Militarisierung gewehrt, wollte sich nicht vorschreiben lassen, wie oft er sich zu rasieren und was er anzuziehen hatte, wann er reden durfte und wann er zu schweigen hatte.

Ich schickte mich lieber ins Unvermeidliche, entwickelte sogar gewisse romantische Vorstellungen eines einsamen, entbehrungsreichen Lebens als nahkampfausgebildeter Gebirgsgrenadier. Ich begann, verstärkt Kondition und Muskeln zu trainieren, und holte an der Aushebung tatsächlich locker das Sportabzeichen, das ab einer gewissen Punktzahl verliehen wird. Ausgehoben wurde ich allerdings als Füsilier, was nun wirklich jeglicher Romantik entbehrt.

Nach den ersten Disziplinarmaßnahmen in der Rekrutenschule (nächtliche Jogging-Runden in Vollpackung ums Kasernenareal als Kollektivstrafe für die schmutzigen Fingernägel eines Mitrekruten) war definitiv Schluss mit Armeeromantik. Ich erinnere mich gut an das selbstgefällige Grinsen meines großen Bruders, als ich schon am ersten Urlaubswochenende mit langem Gesicht nach Hause kam und zugeben musste, dass diese Form von Gefängnis tatsächlich nicht widerspruchslos toleriert werden darf. Ich begann ebenfalls, mich zu wehren. Mehr als einmal wurde mir in der Folge der Wochenendurlaub zugunsten einer Sonntagswache gestrichen, und nicht selten musste ich in die »Kiste«. Aber ich biss mich durch.

Als die Rekrutenschule vorüber war, ging jäh auch meine Fußballerkarriere zu Ende: Ich erlitt einen doppelten Bänderriss am Knöchel und musste mich operieren lassen. Während der Rekonvaleszenz begann meine Begeisterung für den Sport nachzulassen. Es war, als wüchse ich aus den Fußballschuhen heraus und allmählich hinein in ein – wie sich zeigen sollte – eher barfüßiges Leben. Und so ist das bis heute geblieben: Vor dem Fernseher sitzend Sportsendungen zu schauen, betrachte ich unterdessen als schiere Zeitverschwendung, nur mehr sehr selten gönne ich mir ein Champions-League- oder WM-Spiel. Und Skirennen erscheinen mir gar wie Fossilien aus einer anderen Zeit.

Ankunft in Kamtschatka

Kamtschatka, 2004. Charlie ist zwei Wochen vor mir mit demselben Helikopter hingeflogen, neben sich die fünf Jungbären in einer Holzkiste. Ich habe nie herausgefunden, wie genau er zu den Bären gekommen ist, es war wohl Geld im Spiel, das an der richtigen Stelle an die richtigen Leute bezahlt wurde. Ich weiß nur, dass durch Vermittlung des damaligen Nationalparkdirektors zwei der Jungbären aus einem Zoo gekauft und die drei anderen direkt von Wilderern erstanden worden waren. In beiden Fällen hätte die Welpen ein trauriges und wohl kurzes Leben erwartet.

Braunbären werden im Januar oder Februar in der Winterhöhle ihrer Mutter geboren. Sie wiegen bei der Geburt nur etwa ein halbes Kilogramm, sind nackt und blind. Die Höhle verlassen sie, abhängig von der Kapitulation des Winters, erstmals zwischen April und Juni. Bis zu diesem Zeitpunkt nehmen sie ausschließlich Muttermilch zu sich, wiegen dann aber bereits drei bis fünf Kilogramm. Der Fettgehalt der Bären-Muttermilch beträgt etwa dreißig Prozent. Keine andere Milch von einem an Land lebenden Säugetier übertrifft diesen Wert. Nur die Milch einiger Meeressäuger ist fetthaltiger, Robbenmilch etwa soll gegen fünfzig und Walmilch um die vierzig Prozent Fett enthalten. Zum Vergleich: Die menschliche Muttermilch kommt auf einen Lipidmittelwert von vier Prozent.

Die Jungbären wiegen, als ich sie kennen lerne, zwischen sechs und sieben Kilogramm. Nur eine Vervierfachung dieses

Ge-wichts bis zum Beginn des kommenden Winters in knapp vier Monaten wird den Welpen eine reelle Chance eröffnen, ihren ersten Winterschlaf zu überleben. Dazu benötigen sie Nahrung, die den hochprozentigen Fettanteil der fehlenden Muttermilch kompensiert. Gleichzeitig muss das Futter bezahlbar sein, denn einerseits verfügt unser Projekt über ein sehr beschränktes Budget, andererseits vertilgen junge Braunbären unfassbare Kalorienmengen.

Charlie experimentiert schon länger mit verschiedenen Rezepten herum, letztlich erweist sich ein Brei aus Haferflocken, gerösteten Sonnenblumenkernen, Rapsöl und Zucker als allen Ansprüchen genügend – auch denjenigen des Bärengaumens, denn die Jungen akzeptieren diesen energiereichen Muttermilchersatz gierig quiekend und laut schmatzend.

Während der ersten Tage gewöhne ich die Welpen durch regelmäßige Besuche in ihrem Gehege an mich. Anfangs rotten sie sich ängstlich zusammen. Ich setze mich jeweils abseits von ihnen auf den Boden und beginne sie mit halblauter, besänftigender Stimme anzusprechen. Zugegeben, meine Vorstellung davon, was einen jungen Braunbären besänftigt, ist einigermaßen unspezifisch. Jedenfalls überlasse ich es ihnen, sich mir zu nähern, und gebe ihnen ausreichend Gelegenheit, sich an meine Stimme und meinen Geruch zu gewöhnen. Ich will damit nicht sagen, dass ich besonders streng rieche; vielmehr wird Bären nachgesagt, dass sie kurzsichtig sind, aber über eine extrem feine Nase verfügen. Gehör- und Geruchssinn sind des Bären wichtigste Sinne überhaupt.

Die Kleinen fassen rasch Vertrauen, und bald erschreckt sie meine Nähe nicht mehr. Nach wenigen Tagen schon reagieren sie positiv auf meine Stimme und kommen angetappt, wenn ich sie rufe. Die erste große Aufgabe von uns »Bärenmüttern« besteht darin, unsere Jungen an ihren Lebensraum zu gewöhnen. Ein erstes Mal unternehmen Charlie und ich mit ihnen einen Spaziergang in die Wildnis. Wir öffnen das Tor des Geheges, und sie verlassen neugierig, aber noch sehr zögerlich den schützenden Elektrozaun und wagen schnuppernd erste tapsige Schritte ins hohe Gras.

Charlie geht voran, und die Kleinen folgen seinen Rufen sofort. Als wäre es das Selbstverständlichste der Welt, marschieren sie wie Gänseküken in Einerkolonne hinter dem Menschenmann her, hinunter über die sanft abfallende Wiese in Richtung des kleinen Kambalnoy-Sees, während ich die Nachhut bilde. Am Seeufer angekommen, tauche ich meine Hand ins klare, kühle Wasser und benetze mein Gesicht. Die Bären beobachten mich mit mäßigem Interesse, springen dann davon, nicht weit allerdings, denn die Notwendigkeit der schützenden Nähe zur Mutter ist ihnen instinktiv klar. Sie balgen miteinander, sodass Kies und Sand durch die Luft spritzen, schütteln ihr Fell, tollen herum und kehren zwischendurch immer wieder für wenige Sekunden zu uns zurück, um sich zu vergewissern, dass Charlie und ich sie nicht aus den Augen verloren haben.

Mich überfällt ein wohliges Schaudern, als mein Blick über die Berggipfel schweift. Vermutlich hat sie seit Anbeginn noch kein Mensch erklommen. Wäre es vielleicht besser, ein solcher Ort bliebe unberührt, ein solcher Berg unbestiegen?, frage ich mich. Nicht weil es irgendetwas ändern würde, sondern weil ich die Idee eines von Menschenhand unberührten Fleckens Erde schön finde.

Als die Sonne sich langsam hinter einen Vulkan verzieht, machen wir uns auf den Heimweg. Noch sind wir keinem anderen Bären begegnet, und wir haben es auch gar nicht darauf angelegt: Zu gefährlich sind hungrige Bärenmännchen für arteigene Junge. Die fünf Kleinen tollen noch immer herum, lassen aber erste Anzeichen von Müdigkeit erkennen. Bären sind im Grunde tagaktiv. Wie viele andere Wildtiere verteilen sie ihren Schlaf allerdings wenn möglich über den ganzen Tag und dösen häppchenweise mal hier und mal dort ein Stündchen. Nur wo die Präsenz des Menschen überhandnimmt, verlegen sie ihre Aktivitätszeit – wie etwa Rotwild in der Schweiz – ganz auf die Nachtstunden.

Unsere fünf Bärenkinder folgen uns ohne zu zögern zu ihrem Freiluftlager, wo sie unter Erlenbüschen ihr Nachtlager einrichten, während Charlie und ich uns an den Herd stellen, um ihnen ihr Abendessen zuzubereiten. Noch einmal werden die Jungen sehr aktiv und stürzen sich auf ihre abendliche Portion Energiebrei, als gelte es, ihn zu erlegen, bevor er entwischt. Eine letzte Kontrolle des dreifach geführten Elektrozauns, der sicherstellen soll, dass kein fremder Bär von außen eindringt, und wir überlassen die Kleinen sich selbst.

Später, unterdessen selbst verköstigt, stehen Charlie und ich noch eine Weile vor der Hütte. Ehrfürchtig blicke ich in den nachtschwarzen Himmel, den kein Fünkchen unnatürliches Licht aufhellt. Nie zuvor habe ich mehr Sterne gesehen, nie ein solches Funkeln, nie hat sich mir die Milchstraße so überklar und deutlich gezeigt. Atemberaubend. Charlie und ich stehen stumm und reglos, darauf bedacht, kein Geräusch zu erzeugen, das die alles durchdringende absolute Stille dieser russischen Sommernacht stören könnte.

Zurück in der spartanischen Hütte, überfällt mich ein wohliges Gefühl dankbarer Müdigkeit. Ich schlüpfe in meinen Schlafsack und strecke mich auf dem schmalen Bett mit dünner Campingmatratze aus. Wenn ich so direkt am Puls der Natur lebe wie hier, zeigt sich stets dasselbe Phänomen: Kaum geht die Sonne unter, werden meine Glieder schwer, und eine angenehme Müdigkeit durchdringt meinen Körper und mein Denken. Im Schein der Petroleumlampe reicht es gerade noch für ein paar Zeilen Tagebucheintrag, und schon wenige Herzschläge später fallen mir die Augen zu.

Abenteuer Kanada

Ich war zwanzig Jahre alt und hatte nicht die geringste Lust, nach bestandenem Lehrabschluss und absolvierter Rekrutenschule unmittelbar ins Berufsleben einzutreten. Noch rekonvaleszent von der Bänderoperation, die meiner Fußballkarriere ein so abruptes Ende bereitet hatte, begann ich trotzdem, im Hotel Savoy Baur en Ville in Zürich zu kochen. Nach ein paar Monaten wechselte ich in die Direktionskantine des Bankvereins, einer der Vorläuferbanken der heutigen UBS. Weil allgemein bekannt ist, wie gerne das Management unserer Banken es sich gut gehen lässt, ist auch schon gesagt, dass ich dort auf sehr hohem Niveau kochte.

Stark in Erinnerung geblieben ist mir das Menü, welches wir für Pirmin Zurbriggen zubereiteten, als er 1985 zwei Goldmedaillen von der Ski-WM in Bormio heimbrachte. Der Bankverein war Sponsor der Ski-Nationalmannschaft und lud zum Siegermahl. Vor dem Hauptgang hatten wir ein Consommé double à l'or gereicht, in dem achtzehn Karat schwere Goldplättchen schwammen. Als die Suppenterrinen zurückkamen, waren die Goldplättchen nicht verspeist, sondern übrig gelassen worden und landeten im Ausguss. Ich erinnere mich insbesondere deshalb so gut an dieses Mahl, weil mich schon damals störte, dass man mit einem Rohstoff dermaßen verschwenderisch umging, zu dessen Gewinnung gnadenlos Natur zerstört wird. Bald beendete ich mein Engagement beim Bankverein. Fürs Erste hatte ich genug gekocht.

Stattdessen wollte ich der engen Schweiz entfliehen, Abenteuer erleben, die Welt sehen. Ich weiß nicht mehr, wie wir aufs Reiseziel Kanada kamen, und kann nicht mit Sicherheit behaupten, dass ich selber den entsprechenden Input beigesteuert habe. In Roger und Jochen fand ich zwei gleichaltrige Gesinnungsgenossen. Wir beschlossen eine Auszeit in Form einer sechsmonatigen Reise quer durch den Norden Amerikas. An einem der ersten Frühlingstage flogen wir nach Toronto und kauften uns als Erstes einen Dodge-Van, dessen Laderaum ausreichend Platz für drei Schlafmatten bot. Dann machten wir uns auf quer durch die Staaten nach Westen. Zwei Monate dauerte unsere Reise, bis wir in British Columbia ankamen.

British Columbia ist mehr als zwanzigmal so groß wie die Schweiz, bei nur halb so vielen Einwohnern. Von Vancouver aus durchfuhren wir die 2000 Kilometer lange Provinz in Richtung des im hohen Norden gelegenen Yukon und landeten schließlich in der alten Goldgräberstadt Atlin. Hier war die Zeit stehen geblieben. Atlin bestand aus ein paar verstreuten Häusern am Fuß einer mächtigen Gebirgskette und war umgeben von saftigen grünen Wiesen. Im Städtchen lebten so wenige Einwohner, dass alle zusammen in einer durchschnittlich großen Turnhalle Platz gefunden hätten. Eine eigenartige Mischung aus verträumter und rätselhafter Stille lag über dem Ort. Auf dem Friedhof stach mir ein ausgebleichtes Holzkreuz ins Auge, dessen Inschrift lautete: »Von einem Jäger erschossen, mit einem Bären verwechselt«.

Wir waren in einer Wildnisregion uns unbekannter Dimensionen angekommen. Im Verlaufe unserer Reise hatten wir uns immer weiter von Städten, Dörfern und einer von Menschenhand geformten Landschaft entfernt und uns kontinuierlich dem Idealbild einer Wildnis angenähert. Jetzt schienen wir das Ende der Welt erreicht zu haben. Wir stellten den Motor ab. Die Schweizer Hektik, der Lehr- und Militärstress waren mit zunehmender Dauer unserer Reise allmählich von uns abgefallen. Wir hatten uns eine Lockerheit angeeignet, fühlten uns stark und frei, im Einklang mit dem Land und uns selbst. Doch hatten wir uns während unserer ganzen Reise nie mehr als einen Kilometer von unserem Van entfernt. Wo immer wir bisher der Wildnis begegnet waren, war der Van unser Refugium gewesen, in das wir uns zurückziehen konnten, wo es fließendes Wasser und ein gemütliches Bett gab, Schutz vor wilden Tieren, Kälte, Hitze, Wind und Wetter.

Jetzt entstiegen wir unserer fahrbaren Unterkunft und schlenderten dem Ufer des Atlin-Sees entlang. Sein Wasser schien tiefblau. Die Spitzen der Berge, die den See einrahmten, waren schneebedeckt. Sanfte, bewaldete Hügelzüge erstreckten sich in alle Richtungen bis zum Horizont. Die Landschaft strahlte einen tiefen Frieden aus. Nach einer halben Stunde Fußmarsch hatten wir uns weiter denn je von unserem Van entfernt und waren noch keiner Menschenseele begegnet. Doch wenig später trafen wir unvermittelt auf einen Mann. Er war damit beschäftigt, sein Hausboot am Ufer zu vertäuen, blickte hoch, als er uns hörte, und winkte uns zu.

»Hi there!«, begrüßte er uns mit freundlichem Lächeln.

»Hi there!«, gaben wir cool zurück.

Mehr gab es im Moment nicht zu sagen. Je weiter man von der Zivilisation entfernt ist, desto unnötiger wird es, viele Worte zu verlieren.

»Es ist herrlich hier«, nahmen wir das Gespräch auf.

»Yeah. Mein Name ist Jack. Und wer seid ihr?«

Wir stellten uns vor, und währenddessen stach mir Jacks Hausboot ins Auge. Ich blickte hinaus zu einer großen Insel inmitten des Sees, und plötzlich kam mir ein Gedanke. Ich besprach mich kurz mit meinen Freunden, die meine Idee so begeistert wie naiv aufgriffen, und so fragten wir Jack, was er davon halte, uns zu dieser Insel zu fahren. Er sollte uns dort absetzen und nach einer Woche wieder abholen kommen. Der große Mann musterte uns von Kopf bis Fuß, stumm wanderten seine Augen über unsere Gesichter, ich glaubte, ein gewisses Maß an Skepsis darin auszumachen. Als er mit seiner Inspektion fertig war, nickte er jedoch bedächtig.

»Okay«, meinte er und fügte hinzu: »Einige Dinge solltet ihr aber wissen. Auf dieser Insel gibt es Bären, Luchse und andere wilde Tiere. Das ist Wildtierland. Niemand lebt dort, niemand wohnt dort. Wenn euch etwas passiert, passiert es, und ihr könnt nichts dagegen tun. Ich hole euch in einer Woche ab, das ist abgemacht.«

Wir blickten uns an, vielleicht beschlich den einen oder anderen ein mulmiges Gefühl, doch ließen wir uns nichts anmerken. Wir kehrten zum Van zurück und packten rasch unsere Sachen. Ein paar Kleidungsstücke, ein kleiner Sack Linsen, eine Fischerrute und ein Zelt. Und natürlich unsere Pfeilbogen und stattliche Kopien des Rambomessers, dessen Wirkungsweise Sylvester Stallone in »Rambo« so anschaulich vorgeführt hatte. Ich habe diesen Film, ich gebe es heute ungern zu, weit über ein halbes Dutzend Mal gesehen. Er leistete keinen unbedeutenden Beitrag an meine romantisierten Wildnisvorstellungen.

Jack schien uns eine Spur eindringlicher zu mustern, als wir wieder bei ihm anlangten. Die Pfeilbogen ragten aus unseren Rucksäcken. Er legte den Kopf ein wenig in den Nacken und nickte leicht. Wortlos stiegen wir in sein Boot, und er fuhr los. Nach einer Stunde Fahrt erreichten wir den prächtigen weißen Sandstrand der Insel. Eifrig luden wir unser Gepäck aus.

»Hier, heute in einer Woche, um die Mittagszeit!«, rief Jack vom Boot aus, hob den Finger salutierend an seine Stirn und tuckerte davon.

Wir zogen unsere Schuhe aus, die Heckwellen des davonfahrenden Bootes schwappten an den Strand und umspielten unsere Füße. Es war Jochen, der unser Schweigen brach: »Was wissen wir eigentlich von Jack?«, fragte er zaghaft.

»Nichts«, erwiderte ich und blickte dem Hausboot nach. Bald war nur noch ein leises Brummen zu vernehmen. Dann herrschte Stille.

»Yeeeah!«, schrie Roger, und ich hatte den Verdacht, dass er damit vor allem sein Unbehagen über unseren voreilig gefassten Plan überspielen wollte. Wir lächelten ein wenig gequält. Jack hatte einen seriösen, vertrauenswürdigen Eindruck gemacht, aber man weiß ja nie. Wir hatten weder Funkgerät noch Satellitentelefon dabei – Handys gab es damals noch nicht – und auch keine Leuchtraketen. Das Festland war viel zu weit weg, um es schwimmend zu erreichen, ohnehin wären unsere Muskeln im kalten Wasser in kurzer Zeit erlahmt. Auf dem See befand sich kein einziges Boot. Unser Schutz spendender Van war eine Bootsstunde und einen Fußmarsch entfernt.

Jetzt waren wir wirklich in der Wildnis angekommen.

Schon am ersten Abend dämmerte uns, dass wir nicht die leiseste Ahnung hatten von der Wildnis. Wir wussten nichts über Wildtiere, nichts über Pflanzen, nichts über Bären und gar nichts über die Beschaffung von Nahrung in der freien Natur.

Wir stellten das Zelt in der Nähe des Strandes auf – der erste einer Serie zahlreicher Fehler, denn genau diesen Strand würden auch Bären durchqueren, weil sie sich dort effizienter fortbewegen konnten. Wir kochten uns eine Handvoll Linsen und lauschten in die Nacht hinaus. Der Blick auf funkelnde Sternenhaufen am schwarzen Himmel lenkte mich kurz von meinem mulmigen Gefühl ab. Doch die tiefe Stille der Nacht flößte mir zunehmend Angst ein. Bedeutete nicht jedes Nichtknacken von Ästen im Unterholz, dass sich ein Tier besonders Mühe gab, sich an uns anzuschleichen? Ich lag wach im Zelt, malte mir einen Wolf aus, einen Kojoten, einen Bären, die allesamt nichts Appetitliches mit uns im Schilde führten. Wie gefährlich waren diese Tiere eigentlich? Ich sah Jack in seinem Hausboot einen Herzinfarkt erleiden, musste hilflos zusehen, wie er litt. Niemand würde je erfahren, dass er drei naive junge Schweizer auf der Insel abgesetzt hatte.

Unseren Durst stillten wir an Bächen, aber nach zwei Tagen waren unsere Linsen aufgebraucht, und wir hatten Hunger. Die Sternenpracht, die heilende Stille, die saftigen Wiesen, der feine Sandstrand, der urtümliche Wald, die totale Abwesenheit menschlicher Spuren, all das interessierte uns plötzlich nicht mehr. Unsere Gedanken kreisten einzig darum, etwas Essbares zu finden. Die Reichhaltigkeit der wilden Natur wird im Volksmund oft romantisiert, und nur wer über spezifisches Wissen verfügt, kann sich von ihr ernähren. Der zivilisierte Mensch verfügt nicht mehr über dieses Wissen, denn er hat als Kind nicht genießbare Kräuter, Wurzeln und Beeren von ungenießbaren zu unterscheiden gelernt, sondern weiß nur, welche Abbildung auf dem Deckel eines Joghurts aus Mutters Kühlschrank welche Geschmacksrichtung bedeutet. Auch dieses Wissen mag relevant sein, nicht hier in der Wildnis Kanadas allerdings, wo gut gefüllte Kühlschränke auch heute nicht hinter manchem Busch zu finden sind.

Am dritten Tag fing ich eine ziemlich große Forelle. Das war pures Glück, denn Anfang Juni in den Bergen war das Wasser des 140 Kilometer langen und sehr tiefen Sees noch eiskalt. Die

Fische hielten sich noch immer in großer Tiefe auf, wo das Wasser etwas wärmer ist. Mein Fisch war eine kanadische Seeforelle. Jochen und ich brieten den Fang auf dem Lagerfeuer. Roger war am Morgen gar nicht erst aufgestanden, er schlief noch und sparte so intuitiv Energie. Wir hungerten erst seit kurzem, und doch verfielen wir abrupt in uralte Verhaltensweisen: Ohne unseren Freund zu wecken, machten Jochen und ich uns über den Fisch her. Er war schon zu drei Vierteln verspeist, als Roger, vom verführerischen Duft der Mahlzeit geweckt, aus dem Zelt stürzte, unseren Frevel sofort erkannte und uns brüllend das letzte Stück Fisch entriss. Auch er hinterließ in diesem Moment einen recht archaischen Eindruck, und erst nachdem er seine Beute verzehrt hatte, stellte er uns zur Rede. Wir – jetzt gesättigt und daher wieder eher empfänglich für ethische Reflexionen – entschuldigten uns beschämt für unseren Egoismus. Aber ehrlich: So richtig leid tat es uns nicht, dafür hatte die Mahlzeit zu gut geschmeckt.

Es blieben noch vier Tage Hunger übrig, während deren wir mittels Pfeilbogen einzig noch ein Wildhuhn erlegten. Obschon uns der Hunger als intensivste Erfahrung an diese Robinsonwoche in Erinnerung blieb, bin ich rückblickend vor allem dankbar dafür, dass wir auf der Insel keinem gefährlichen Tier begegnet sind. Dafür wären wir noch weit weniger gerüstet gewesen als für die Auseinandersetzung mit unseren knurrenden Mägen.

Am Morgen des siebten Tages hatten wir schon frühmorgens alle unsere Habseligkeiten gepackt und waren abfahrbereit. Ein kleiner Sack Linsen, ein Huhn und eine Seeforelle, das war kein beeindruckender Wochenvorrat für drei ausgewachsene Männer. Die Natur hatte uns eine Lektion erteilt. Den ganzen Tag saßen wir am Strand und zeichneten mit den Füßen Muster in den Sand.

Wir sprachen kaum ein Wort, schon gar nicht erwähnten wir, was jeder von uns sich fragte: Würde Jack kommen? Wir starrten vor uns hin, hoben den Kopf bei jedem Zwitschern eines Vogels, bei jedem Blätterrascheln. Bereits drohte die Sonne hinter einem Gipfel in der Ferne unterzugehen, als wir endlich das erlösende Brummen eines Motors vernahmen, das sich näherte. Wie Schiffbrüchige, die nach zahllosen entbehrungsreichen Jahren von der legendären einsamen Insel errettet werden, tanzten wir einen überschwänglichen Freudentanz an unserem kleinen Sandstrand.

Jack brachte uns dahin zurück, wo wir ihn eine Woche zuvor angetroffen hatten. Wir verabschiedeten uns so schnell wie möglich und nur noch knapp höflich von Jack. So rasch es ging, schleppten wir uns zu unserem Fahrzeug, warfen unser Gepäck hinein und eilten ins einzige Restaurant Atlins. Wir bestellten und aßen viel zu viel, genehmigten uns trotzdem noch ein Dessert und mussten beim zweiten Stück Apfelkuchen endlich kapitulieren.

Damit war das Abenteuer Wildnis für unsere kleine Truppe so gut wie vorbei. Wir hatten erst ungefähr die Hälfte unserer geplanten sechs Monate hinter uns, doch Roger und Jochen hatten die Nase voll. Sie hatten eine Überdosis Wildnis abbekommen. Wir fuhren noch gemeinsam nach Dawson City, einer anderen Goldgräberstadt im Yukon, wo die beiden mich aussteigen ließen. Ich stand am Straßenrand mit meinem riesigen Rucksack und winkte ihnen nach, als sie mit dem Van, der drei Monate lang meine Zuflucht gewesen war, wegfuhren.

In Dawson City lernte ich eine Frau kennen, die während der Sommersaison als Serviertochter in einem kleinen Restaurant arbeitete. Ich blieb einige Wochen, trieb mich tagsüber in den Wäldern und Bergen herum und lachte nach Feierabend viel mit ihr. Dann ließ ich mich weitertreiben, gelangte per Anhalter an verschiedene Orte im Yukon, wo ich immer nur so lange verweilte, wie es mir gerade gefiel. Schließlich wandte ich mich südwärts, um einen Bekannten zu besuchen, von dem ich wusste, dass er in Jasper in den Rocky Mountains wohnte. Ich hatte Sarino an meiner ersten Arbeitsstelle nach der Lehre kennen gelernt, in der Küche des »Savoy Baur en Ville« am Zürcher Paradeplatz. Mittlerweile kochte er in einer Wildnis-Lodge im Nationalpark von Jasper. Ich besuchte ihn dort – und legte damit den Grundstein für ein Leben in Kanada.

Frühsommer

Kamtschatka, 2004. Natürlich gibt es in Charlies Hütte weder Fernseher noch Radio, und den Internet-Zugang verwenden wir so selten wie möglich, denn er funktioniert nur über das extrem teure Satellitentelefon. Die tägliche Zerstreuung beschränkt sich auf den Unterhalt unserer Infrastruktur, den Umgang mit den Bärenkindern und das Kennenlernen der hiesigen Natur.

Unsere Grundnahrungsmittel, Mehl, Zucker, Reis und Teigwaren, haben Charlie und ich auf unserem Weg hierher miteingeflogen. Als Gemüse und Vitaminlieferant dient uns selbst gepflückter Sauerampfer aus reinstem biologischem Kamtschatka-Anbau. Proteine liefern uns selbst gefangene Lachse und Saiblinge, wie man sie frischer und saftiger nirgendwo findet. Gekocht wird auf einem Gasofen, und Brot backen wir in einem kleinen Ofen, der sich an den Gasherd koppeln lässt. Das Wasser aus dem Kambalnoy-See tragen wir in Eimern zur Hütte, selbstverständlich ist es klar und unverdorben und kann bedenkenlos direkt aus dem See genossen werden.

Der solarbetriebene Elektrozaun will gut gewartet sein. Jeden Tag überprüfen wir ihn sorgfältig, schneiden Gras zurück, das an die Drähte zu wachsen droht, und füllen Löcher auf, welche die Bären immer wieder von neuem graben, um sich unter dem Zaun hindurch einen Weg in die Freiheit zu bahnen. Bevor wir ihnen diese zugestehen können, müssen die Welpen aber noch einige Lektionen über bärengerechtes Verhalten lernen. Wir definieren vier Hauptaufgaben, die wir in unserer Mutterrolle vordringlich zu erfüllen haben:

Erstens müssen wir die fünf mit ihrem Lebensraum vertraut machen.

Zweitens obliegt es uns, sie vor erwachsenen Bären, vor allem Männchen, zu beschützen.

Drittens sollten wir ihnen beibringen, wie auf Bärenart Lachs gefangen wird.

Und viertens sollen sie am Ende des Sommers lernen, wie eine Winterhöhle zu graben ist.

Mit unseren täglichen Spaziergängen gewöhnen wir die Tiere an ihre natürliche Umgebung. Mit zunehmendem Vertrauen der Bären in ihr Revier erweitern wir den Radius unserer anfänglich kurzen Spaziergänge. So wachsen sich diese nach und nach zu veritablen Tagesmärschen aus. Stoßen wir in unbekanntes Gelände vor, weichen uns die Kleinen keinen Schritt von der Seite. Befinden wir uns aber in bereits bekanntem Lebensraum, streifen sie mutig umher, beschnüffeln und untersuchen alles. Die Jungbären machen Bekanntschaft mit Gräsern, Blüten, Kräutern, Wurzeln, Beeren, Pinienzapfen. Besonders beliebt sind die zuckerhaltigen Beeren des Geißblatts sowie Krähen- und Heidelbeeren, die überall in der Tundra wachsen und den ganzen Sommer hindurch eine wichtige Energiequelle bieten.

An einem warmen, windstillen Julitag sitzen wir am Ufer des Kambalnoy-Sees, als Charlie mich mit dem Ellbogen anstößt und auf Sky deutet. Ich beobachte die junge Bärin, die am Ufer des Sees beharrlich den Boden beschnüffelt und dann zielstrebig zu graben beginnt. Sie schleudert trockene Erde in die Höhe und ist im Nu über und über verdreckt. Wir nähern uns dem Tier und werden ebenfalls paniert, als Sky ihr Ziel in sechzig Zentimetern Tiefe erreicht: eine tote Maus, die sogleich verspeist wird.

An einem anderen Tag, es ist Flugzeit der Eintagsfliegen, entdeckt einer der Jungbären, dass das Ufer des Sees von einem dicken Teppich toter Fliegen gesäumt ist, die im tödlichen Liebestaumel ins Wasser gefallen sind. Die jungen Bären schlürfen die eiweißreiche Nahrung, solange die Flugzeit dauert, kiloweise aus dem See.

Ich erkenne, dass die Wissenschaft von falschen Voraussetzungen ausgeht: Jungbären benötigen keine Bärenmutter, um Genießbares von Ungenießbarem zu unterscheiden. Den Großteil ihrer Kenntnisse und Fähigkeiten entwickeln sie selbständig und instinktiv. Sie spüren oder riechen, wann und wo sie welche genießbaren Wurzeln ausgraben können, was sich als Nahrung eignet und was nicht. Offenbar sind sie äußerst gelehrig, oftmals scheint ein einziges Erlebnis bereits ausgeprägten Lerneffekt zu erzielen, und zwar im Guten wie im Schlechten: Auch die Erfahrung eines kulinarischen Fehlgriffs wird umgesetzt, was sich als unbekömmlich oder wenig schmackhaft erweist, wird ohne Not kein weiteres Mal versucht.

Auf unseren Wanderungen lerne ich die Bären besser kennen. Sie stammen aus zwei verschiedenen Würfen: Sheena und Gina bilden die eine Geschwistergruppe, Buck, Wilder und Sky die andere. Nicht anders als der Mensch ist jeder Bär ein Individuum mit Eigenheiten. So etwa zeigt sich rasch, dass die dominanten Schwestern Sheena und Gina die Klügsten und Aufgewecktesten des Quintetts sind und die beiden Männchen grundsätzlich zurückhaltender als die Weibchen. Buck scheint das schwächste Tier zu sein, irgendein schmerzhaftes Problem mit der Hüfte behindert ihn zusätzlich. Auf den Wanderungen liegt er stets zurück. Oft rutscht er ängstlich rückwärts auf dem Hintern einen Abhang hinunter, den die anderen in forschem Vorwärtsgang nehmen.

Sky hingegen erweist sich als sehr soziales Tier. Immer wartet sie auf den zurückhängenden Bruder, kehrt sogar oftmals um und holt die Gruppe gemeinsam mit ihm wieder ein. Ganz allgemein scheint sie stets darum bemüht, den Trupp zusammenzuhalten, uns Männer eingeschlossen. Sky und ich scheinen eine besondere Verbindung zu haben. Auch auf mich wartet die junge Bärin, wenn ich mich zurückfallen lasse. Und sie liebt es, mit mir ihre Kräfte zu messen: Dem spielerischen Kampf um den erhöhten Platz auf einem großen Stein etwa, von dem wir uns gegenseitig hinunterzustoßen versuchen, widmet sie sich mit Inbrunst.

Normalerweise wird in Auswilderungsprojekten der direkte körperliche Kontakt zwischen Bären und ihren menschlichen Ersatzmüttern strikte unterlassen. Der russische Auswilderungsspezialist Valentin Pazhetnov geht sogar so weit, in Anwesenheit seiner Tiere das Gesicht zu verhüllen, außerdem verhält er sich seinen Schützlingen gegenüber gezielt rüde. Die Tiere sollen nicht »habituiert« werden, also die Nähe des Menschen nicht als selbstverständlich empfinden, und später als wild lebende Bären den notwendigen Respekt vor ihm haben. Dieser Anspruch Pazhetnovs ist wichtig, denn seine Bären werden in Populationen ausgewildert, die vom Menschen bejagt werden. Ohne gebührenden Respekt vor ihm würden die Tiere kaum ein paar Wochen überleben.

Charlie hingegen sucht den Kontakt zum Bären. Seine Feldforschungen sollen wertvolle Argumente liefern für Verhandlungen mit Regierungen, Jägern, Wilderern und betroffener Bevölkerung. Wo Bären noch nie mit Menschen in Berührung gekommen sind, kann am effektivsten in Erfahrung gebracht werden, wie sich diese Tiere gegenüber dem Menschen natürlicherweise und unvoreingenommen verhalten. Sind Bären von Natur aus scheu? Verhalten sie sich gleich wie Artgenossen aus

Populationen, die seit Menschengedenken bejagt werden? Sind sie ohne Vorbelastung neugierig auf den Menschen? Ist ein friedliches Zusammenleben zwischen Mensch und Bär möglich? Unser Projekt findet in wissenschaftlichen Kreisen nicht nur Anerkennung. Als Hauptargumente wird uns von den Kritikern die Habituierung der Tiere vorgeworfen sowie der Umstand, dass wir in einer dicht von Bären besiedelten Region mit selbstregulierter Populationsdichte zusätzliche Tiere freisetzen und so das natürliche Gleichgewicht beeinflussen. Bezüglich der Habituierung wird bezweifelt, dass es überhaupt möglich ist, Bären auszuwildern, ohne dass sie ihre natürliche Scheu (die eben wahrscheinlich nicht natürlich ist) vor dem Menschen ablegen und so zu »Problembären« werden; ein Bär, der nicht scheu ist, wird aber nicht automatisch zum Problembären, solange er nicht auf das falsche Futter beziehungsweise die falsche Fütterungsart konditioniert ist. Die Fütterung von Menschenhand hingegen kann tatsächlich dazu führen, dass der hocheffiziente Bär die Nähe des Menschen sucht, um mit wenig Aufwand an Nahrung zu gelangen.

Den Kritikern halte ich entgegen, dass wir hier Bären auswildern, deren Eltern durch Menschenhand umkamen und die ihr natürliches Recht auf Leben nicht durch natürliche Ursachen verwirkt haben. Wir korrigieren daher allenfalls einen unnatürlichen Eingriff durch den Menschen. Biologen mögen es nicht, wenn die Natur auch emotional anstatt ausschließlich sachlich betrachtet wird. Wir »naturalists« aber schämen uns nicht, auch Gefühle einzubringen: Bezogen auf das individuelle Lebensrecht unserer Kleinen, besteht aus meiner Sicht nicht der geringste Zweifel daran, dass der Auswilderungsversuch im Vergleich zu lebenslanger Gefangenschaft in einem russischen Zoo die bessere Alternative darstellt.

Die Problematik der Habituierung ist nicht ohne weiteres von der Hand zu weisen, allerdings wird unser Projekt gezielt in einer weitgehend menschenleeren Region umgesetzt, sodass die Gewöhnung unserer Adoptivkinder sich weder zu ihrem eigenen Schaden noch jenem des Menschen auswirken kann. Außerdem machen wir mit unseren Welpen eine auch für uns erstaunliche Erfahrung: Trotz der Starthilfe-Fütterungen bettelt nicht einer unserer Bären jemals bei uns nach Futter. Wenn wir mittags rasten und unseren Lunch verzehren, balgen die Bären miteinander, ohne uns zu beachten.

Nicht ein einziges Mal während des gesamten Sommers bekunden sie Interesse an unserer Nahrung, und wir bieten ihnen auch nichts davon an. Abgesehen von den streng kontrollierten Fütterungen mit unserer Haferflockenmischung bei der Hütte erhalten sie von uns nichts, und anscheinend macht es für sie auch mehr Sinn, sich ihre Nahrung selber zu suchen.

Die größte Gefahr für jeden Jungbären geht von arteigenen Männchen aus. Die Erbeutung von Jungtieren durch erwachsene Männchen ist beim *Ursus arctos* normal. Unter Biologen kursiert die Hypothese, dass hinter diesem Verhalten ein Mechanismus zur Populationskontrolle steckt sowie ein Mechanismus zur Eliminierung fremder und der Weitergabe eigener Gene: Nach dem Verlust ihrer Jungen kann ein Weibchen nämlich wieder paarungswillig werden. Diese Hypothese scheint gestützt zu werden durch die Beobachtung, dass getötete Jungtiere manchmal nicht gefressen werden, Paarungen bis in den August hinein beobachtet werden und betroffene Weibchen schon im Folgejahr wieder mit neuen Jungtieren unterwegs sind.

Ich selber neige zur Ansicht, dass der Erbeutung arteigener Jungtiere in der Regel die natürliche Effizienz des Bären zugrunde liegt: Er ist stets darum bemüht, mit möglichst wenig

Aufwand an möglichst hochwertige Nahrung zu gelangen. Es sind aber längst nicht alle Bärenmännchen Kannibalen, im Gegenteil, nur wenige unter ihnen spezialisieren sich auf junge Artgenossen.

Um die Gefahr des Kontakts mit Großbären zu vermindern, begrenzen wir unser Streifgebiet auf futter- und daher bärenarme Gebiete fernab von besonders guten und allgemein bekannten Futterplätzen, an welchen sich schon mal ein Dutzend alter Riesen auf engstem Raume tummeln können. Sobald sie sich in bekanntem Gelände befinden, werden die Bärenwelpen mutiger und gewähren sich selber längere Leine. Mit fortschreitendem Sommer drehen sie den Spieß gelegentlich sogar um und geben selber den Weg vor. Abends, manchmal auch erst spätnachts, kehrt die Gruppe zurück zur Hütte, wo die Bären die abendliche Portion ihres Muttermilch-Ersatzes erhalten und die Nacht im Schutz des Elektrozauns verbringen.

Mein erster Bär

Schon an meinem ersten Tag in Jasper arrangierte Sarino für mich ein Treffen mit dem französischen Küchenchef. Der bot mir sofort einen Job als Koch in der Jasper Park Lodge an. Ich zögerte keine Sekunde und sagte zu. Weder hatte ich die Absicht gehabt, in Kanada Arbeit zu suchen, noch wollte ich der Schweiz den Rücken kehren. Ich hatte genau genommen überhaupt keinen Plan gehabt, sondern eine Bauchentscheidung getroffen. Es sollte eine fürs Leben werden.

Ich war glücklich und unbeschwert, alles stimmte. Ich hatte mich monatelang sorglos treiben lassen, den unglaublich ursprünglichen und menschenleeren Yukon kennen gelernt, eine süße Liebelei erlebt und nun einen Job im schönsten Land, das ich je bereist hatte, ergattert. Jean-François, der bärtige Küchenchef, wollte sich um meine Arbeitserlaubnis kümmern, während ich in die Schweiz reisen und meinen Eltern beibringen musste, dass ich gleich wieder verschwinden würde, um in Kanada zu leben.

Doch bis zu meinem Rückflug in die Heimat blieb noch ein kleiner Rest meines Sabbaticals übrig. Ich packte einen leichten Rucksack und begab mich einmal mehr auf eine ausgedehnte Wanderung durch den Jasper-Nationalpark. Ich genoss das neue Glücksgefühl und das Alleinsein draußen, das nichts mit Einsamkeit zu tun hat. Ich war auch nicht unglücklich darüber, meine Freunde nicht mehr bei mir und den Ballast des Vans –

denn als das erschien er mir jetzt – abgelegt zu haben. Ich war frei.

Ein kleines Schweizer Kuhglöckchen begleitete mich auf meiner Wanderung durch die kanadischen Rockies. Wohl weil man mir einmal gesagt hatte, um Bären fernzuhalten, sei es wichtig, sich in der Wildnis akustisch bemerkbar zu machen. Vielleicht aber auch einfach, um ein klingendes Stück Heimat bei mir zu haben.

Nach einigen Stunden, während deren ich über Wiesen und an Waldrändern entlang wanderte, war ich noch kaum einem Wildtier begegnet, nur einmal hatte ich ein Reh aus der Ferne erblickt und da und dort ein Eichhörnchen. Ich lächelte über die Geschichten bezüglich der vermeintlichen Gefahren der Wildnis, die hinter jedem Busch des Nationalparks lauern sollten. Der Nationalpark ist riesig, seine Fläche entspricht fast einem Viertel der Schweiz. Es wäre ein Riesenzufall, würde ich in diesem gewaltigen Park einem gefährlichen Tier begegnen, dachte ich mir.

Nach einer Zwischenmahlzeit aus Trockenfleisch, Brot und Wasser ließ ich mich ins Gras fallen und zog den Hut ins Gesicht. Die Sonne wärmte meinen Körper, während ich vor mich hindöste. Eine Stunde später wanderte ich weiter.

Als die Sonne sich anschickte, hinter einem Gipfel zu verschwinden, schlug ich mein Zelt auf. Das Campieren in dieser Region des Parks war verboten, aber es würde ja niemand etwas merken. Das Kuhglöckchen befestigte ich mit einer Schnur im Innern des Zelts an der Decke. Vor dem Eingang im feuchten Gras sitzend, genoss ich ein kleines Abendessen aus Fleisch, Brot und Wasser und dazu das Schauspiel der untergehenden Sonne. Sie tauchte die Gipfel und die Gletscherfelder in der Ferne in leuchtend rotes Licht. Ich saß noch immer staunend draußen, als die Dämmerung in Dunkelheit überging und am Himmel die Sterne zu funkeln begannen. Dann zog ich mich ins Zelt zurück, schloss den Reißverschluss, packte mein Essen in den Rucksack und legte mich in den Schlafsack. Augenblicklich fiel ich in einen tiefen Schlaf.

Jäh riss mich das hartnäckige Klingeln des Kuhglöckchens aus dem Schlaf. Ich schreckte auf. Das Zelt wackelte heftig und das Glöckchen bimmelte unentwegt. Ich hörte das Geräusch zerreißenden Stoffs, meine Zeltwand teilte sich zwei Armlängen von mir entfernt, und ein Schwarzbär streckte seinen Kopf durch die Zeltwand zu mir hinein. Er starrte mich an, seinem Gesichtsausdruck war nichts zu entnehmen, er schien unbewegt, unbeteiligt, gleichgültig. Ich starrte zurück und nehme heute an, dass mein Gesicht nicht besonders unbeteiligt gewirkt hatte. Ich war zu keiner Reaktion fähig, nicht einmal denken konnte ich. Was in Wahrheit höchstens drei Sekunden dauerte, schien sich endlos hinzuziehen und wie in Super-Zeitlupe abzulaufen. Doch plötzlich schnaubte der Bär kurz, zog seinen Kopf zurück, und überlaut hörte ich draußen das Gras rascheln, als er gemächlich davontrottete.

Es dauerte Minuten, bis ich mich wieder bewegen konnte. Ich begann zu zittern, und während der restlichen Nacht schlief ich nicht mehr. Ich blickte durch das Loch in meinem Zelt auf funkelnde Sterne am schwarzen Himmel, doch mein Sinn für die Größe des Moments wurde überschattet von Hilflosigkeit und schierer Angst. Immer wieder glaubte ich, den Bären zu hören, wie er draußen herumschlich, sich näherte, entfernte, näherte.

Als die Sonne über den Bergen aufzog und ihre ersten Strahlen zu meinem lädierten Zelt schickte, war ich noch glücklicher, als ich es am Sandstrand auf der Insel beim Geräusch von Jacks Bootsmotor gewesen war. Ich rappelte mich auf und fasste mich, so gut es ging. Vom Bären war weit und breit nichts auszumachen. Ich besah mir den Schaden am Zelt und erkannte meinen Fehler: Der Räuber hatte die Zeltwand links vom Eingang mit seiner Pranke senkrecht aufgerissen, genau dort, wo mein Rucksack mit den Vorräten lag. Darauf hatten es der Bär und seine feine Nase wohl abgesehen. Warum er diesen dann nicht anrührte, ist mir bis heute ein Rätsel geblieben. Vielleicht war er von meiner Anwesenheit ebenso überrascht wie ich von seiner. Diese erste Begegnung mit einem Bären in der freien Wildbahn war der Moment, der mein Leben für immer veränderte. Die Erfahrung fuhr mir tief in Glieder und Seele und lässt mich bis heute nicht los: Der Bär wollte mir nichts tun. Alles, was ihn antrieb, war das Verlangen nach meinem duftenden Rauchfleisch und dem frischen Brot. Der Fehler lag bei mir, niemals hätte ich Lebensmittel in meinem Zelt und damit in meiner unmittelbaren Nähe aufbewahren dürfen.

Mit weichen Knien und einem Kloß im Hals packte ich das malträtierte Zelt zusammen. Immer noch hatte ich Angst. Sie hielt mich aber nicht davon ab, meinen Ausflug fortzusetzen. Vielmehr fühlte ich mich herausgefordert. Aus dieser Begegnung waren einige Lehren zu ziehen. Also wanderte ich weiter, begegnete keinem Menschen und auch keinem Bären mehr. Bald erschien mir alles wieder idyllisch und harmlos, da und dort huschte ein Eichhörnchen über den Boden und rannte eine Kiefer hoch, über mir segelte ein Steinadler. Das Bild der harmonischen Natur war fast wiederhergestellt.

Dass Wildnis auch Gefahr und nicht nur Romantik bedeuten kann, hatte ich zum ersten Mal am eigenen Leib zu spüren bekommen. Als der erste Schreck überwunden war, meldete sich meine Abenteuerlust zurück. Am Abend hängte ich das Essen abseits des notdürftig mit Klebeband reparierten Zeltes und mehrere Meter über dem Boden an einen Baum. Schwarzbären sind allerdings ausgezeichnete Kletterer, das zeigte sich am nächsten Morgen – mein Essen war weg. Immerhin, dachte ich mir, ich machte Fortschritte: Ich war diesmal weder aufgeweckt worden noch in unmittelbare Todesgefahr geraten. Und sich ohne Essbares in der Wildnis aufzuhalten, schien irgendwie dazuzugehören.

Fisch! Fisch!

Kamtschatka, 2004. Der Lachs ist das Blut der Küsten-Ökosysteme. Das gilt für Alaska genauso wie für Kamtschatka. Ohne Lachs wäre alles völlig anders. Wohl gäbe es Bären, die sich von Piniennüssen, Beeren und sonstiger vegetarischer Kost ernähren könnten, doch ohne die Lachse wäre die Populationsdichte markant kleiner und die durchschnittliche Größe der Individuen ebenso.

Während einer Mittagsrast wollte ich einmal alle Organismen auflisten, die in der einen oder anderen Weise vom Lachs abhängig sind. Ich kramte Notizbuch und Stift hervor und begann: Bär, Seeadler, Seehund, Fischotter, Wasseramsel, Eisvogel, Reiher, Seelöwe, Orca ... Ich gab es bald wieder auf, denn schnell wurde mir klar, dass die Aufzählung schier endlos werden würde. Schlicht das ganze Ökosystem hängt davon ab, ob der Lachs in seine Geburtsgewässer zurückkehrt oder nicht. Das betrifft nicht nur praktisch alle Wildtiere, sondern auch viele Pflanzen.

Die Fischkadaver werden von Bären und anderen Tieren in die Wiesen und Wälder getragen, und das beim Verwesungsprozess freigesetzte Nitrat düngt als wichtiger Pflanzennährstoff den Boden. Diese Düngung lässt Baumarten in betroffenen Gebieten schneller wachsen und um dreißig Prozent größer werden als in vergleichbaren Gegenden ohne Lachs und Bär. Der Wert dieses Fisches für das gesamte Ökosystem ist unschätzbar. Der Lachs steht exemplarisch für die Vernetzung allen Lebens in einem intakten System. Würde er verschwinden, gerieten die ganzen betroffenen Ökosysteme umfassend aus dem Gleichgewicht.

Die Lachse zählen zu den Edelfischen, die auch Lachs- oder Forellenfische genannt werden. Dazu gehören auch Saiblinge und Forellen sowie viele tropische Arten wie etwa der berühmte Neonfisch aus dem Amazonasbecken. Das besondere äußere Merkmal aller Vertreter dieser Gruppe ist eine zusätzliche, kurz vor dem Schwanz sitzende Rückenflosse, die sogenannte Fettflosse.

Wenn ich hier jeweils vom pazifischen Lachs spreche, so ist damit wissenschaftlich gesehen eine der verschiedenen Arten aus der Gattung Oncorhynchus gemeint. Alle Arten dieser Gattung kehren zum Laichen in ihr eigenes Geburtsgewässer zurück, und alle sterben sie nach einmaligem Laichen. In der Region um den Kambalnoy-See dominiert mit ungefähr achtzig Prozent der Rot- oder Blaurückenlachs, den die Russen Nerka nennen. Er laicht hauptsächlich in den seichten Uferregionen der Seen und Flüsse ab. Zur Zeit der Wanderung sind die Gewässer voll von ihnen. Falls es auf der Erde noch intakte Fischbestände gibt, dann gehören die Lachsbestände in Süd-Kamtschatka mit Sicherheit dazu.

Diese äußerst hochwertige Protein- und Fettquelle steht in den Sommermonaten weit oben auf dem Speisezettel wilder Braunbären in Kamtschatka. Sie fressen die Fische in jedem Stadium: fangen sie zuerst lebendig, sammeln später die am Ufer angespülten toten ein und tauchen im frühen Herbst nach den verfaulenden Kadavern, die auf den Gewässergrund gesunken sind.

Um sie mit dieser neuen Nahrungsquelle vertraut zu machen, werfen wir unseren Schützlingen zuerst an Land tote Fische hin. Saiblinge sind es, die wir am Morgen im See gefangen haben. Wir rufen dabei immer wieder »Fisch! Fisch!«, um einen akustischen Bezug herzustellen. Den Jungen gefällt das neue Spielzeug. Sie hetzen über die Wiesen und versuchen, einander das glitschige Ding abzujagen. Erst nachdem sie eine Weile mit den Fischen gespielt haben, merkt Sheena als Erste, dass sie etwas Fressbares im Maul hat. Die Begeisterung der Bären schlägt unvermittelt in Gier um, und die Fische sind rasch aufgefressen. Der erste Schritt ist mit Leichtigkeit geschafft: neues Nahrungsmittel erkannt.

Nun müssen wir den Halbstarken beibringen, dass zur Erbeutung dieser neuen Energiequelle ein gewisser Aufwand betrieben werden muss. Wir befestigen also verendete Lachse an Schnüren und ziehen sie über eine Wiese rennend hinter uns her. Die Kleinen machen sofort mit bei diesem neuen Spiel und tollen uns wild nach, bis sie die neuen Leckerbissen erwischen und verputzen. Wir freuen uns, auch die zweite Lektion scheint auf Anhieb gelernt. Doch am nächsten Tag stellen wir fest, dass wir unsere Strategie ändern müssen: Als wir die betreffende Wiese passieren, sind die Jungbären da nicht mehr wegzukriegen. Zwei Stunden lang suchen sie hektisch die Wiese nach dem neuen Futter ab. Wir müssen dafür sorgen, dass die Bären Fische mit Wasser in Verbindung bringen. Die nächsten toten Lachse werden ihnen deshalb am seichten Seeufer gereicht, und die folgenden schleudern wir einige Meter weit hinaus in den See, werfen Steine hinterher und rufen immer wieder »Fisch! Fisch!«. Es dauert nicht lange, bis unsere gelehrigen Schüler begreifen, und während sie zu den toten Fischen hinauswaten, entdecken sie im Wasser die lebendigen.

Damit ist unsere Aufgabe bereits beendet, denn nun beginnen uralte Instinkte zu greifen. Die Welpen haben das Lachsfischen innerhalb weniger Tage begriffen. Zwar müssen sie jetzt noch ihr Geschick trainieren, aber dabei kann ihnen niemand helfen. Ich habe der Wissenschaft bisher geglaubt, dass junge Bären das Lachsfischen, wie fast alles andere auch, von ihrer Mutter erlernen. Nach meinen Erfahrungen in Kamtschatka bin ich aber davon überzeugt, dass diese Ansicht revidiert werden muss.

Die Bärenkinder hätten das Fischen auch ohne unser Zutun gelernt – spätestens wenn sie beim Durchwaten eines Flüsschens zufällig auf einen Lachs gestoßen wären. Frühere Beobachtungen lassen ähnliche Schlüsse zu, doch dazu später. Auf jeden Fall staune ich einmal mehr über die augenscheinliche Klugheit der Braunbären: Zwar könnte ihre rasche Auffassungsgabe beim Lachsfischen durch angeborenes Verhalten relativiert werden, nicht aber, dass die Bären sich mit dem Zuruf »Fisch! Fisch!« bereits nach dem ersten Fischfangtag bis nach Hause ins Gehege haben locken lassen. Sie stellten den Kontext zwischen der neuen Energiequelle und dem Laut innerhalb weniger Stunden her.

Angekommen

Nach meinem ersten halben Jahr in Kanada kehrte ich in die Schweiz zurück. Meiner Familie brachte ich mehr oder weniger schonend bei, dass ich auf unbestimmte Zeit nach Kanada zurückkehren würde, sobald meine dortige Arbeitserlaubnis ausgestellt sei. Gut in Erinnerung geblieben ist mir ein letzter Familienurlaub auf Mallorca, den wir in der Zwischenzeit verbrachten, insbesondere die Abende und Nächte, an denen ich mit meinen Brüdern die Bars und Diskotheken der Ferieninsel unsicher machte; es sollten meine letzten Diskothekenbesuche sein. Noch auf Mallorca erhielt ich den ersehnten Anruf aus Nordamerika, und nach der Rückkehr in die Schweiz ging alles sehr schnell: Schon zwei Wochen später bezog ich meine allererste eigene Wohnung, ein winziges Apartment in Jasper, unweit meines neuen Arbeitsplatzes, der Jasper Park Lodge.

Ab sofort gab es für mich kein Halten mehr: Jeden freien Tag, Morgen, Nachmittag, Abend zog es mich hinaus in die Wälder. Vor allem die Bären interessierten mich, zu denen ich allerdings nach meinem unheimlichen Abenteuer noch immer ein gespaltenes Verhältnis hatte. Einerseits interessierten sie mich wahnsinnig, andererseits wusste ich nichts über sie. Ich stellte ihnen nach, wo ich konnte, begierig, mehr über sie zu erfahren. Ich begann sie zu fotografieren, verschlang jede Seite Literatur, deren ich habhaft werden konnte und lernte dabei viel über ihre Nahrung, ihr Verhalten und die Natur ganz allgemein.

Im Zuge meiner Tätigkeit lernte ich auch etliche Bärenbiologen kennen, Leute also, welche die Bären auf akademischer Stufe studiert hatten. Viele von ihnen verfügten jedoch über ein begrenztes Wissen. Welche Pflanzen ein Bär beispielsweise frisst und wie diese aussehen, war den meisten unbekannt. Das ist mir bis heute unverständlich geblieben. Die Kenntnis einer Tierart umfasst selbstverständlich auch das Wissen um ihre Nahrung und die Abläufe in ihrem gesamten Lebensraum. Dass etwa das Leben eines so mächtigen Tiers wie des Grizzly in den Rocky Mountains vom Vorkommen einer einzigen Beerenart abhängt – der Seifenbeere nämlich –, ist eine eminent wichtige Information für jede Art von Bären-Feldforschung; ohne sie könnte ich nicht guten Gewissens behaupten, über Bären Bescheid zu wissen. Beim Studium dieses Tiers ging mir zwangsläufig das natürliche und sensible Zusammenspiel zwischen allen Organismen eines Lebensraums auf.

Auf meiner allerersten Kanada-Reise hatte ich die wunderbaren Menschen Tom und Susan kennen gelernt. Sie stellten mir ihr Häuschen in Alaska zur Verfügung, wann immer ich es haben wollte, und so begann ich, regelmäßig die Nebensaisons in Alaska zu verbringen. An keinem anderen Ort habe ich mehr Zeit mit Bärenbeobachtungen verbracht. Unmittelbar neben der Hütte liegt eine Seggenwiese[1], und wenige Meter vor der Haustür beginnt der Meeresstrand. Das ganze Jahr über kann man von der Hütte aus Schwert- und Buckelwale beobachten, die sogenannten »residents« – standorttreue Exemplare, die keine Wanderungen unternehmen. Die Stille dort ist traumhaft. Stille ist für mich etwas vom Wertvollsten überhaupt, was Wildnisre-

---

[1] Seggen ist ein Sauergras- oder Riedgrasgewächs (wissenschaftliche Bezeichnung *Carex*).

gionen zu bieten haben. Es ist diese Stille, die ich in der Schweiz vor allem vermisse. Ich spreche nicht von Lautlosigkeit, sondern von der Absenz unnatürlicher Störgeräusche. So liegt für mich die Stille im Rauschen von Wind und Meeresbrandung, im Blätterrascheln und Plätschern eines Bachs, im Gesang der Vögel. Herr Pfammatter, mein Oberstufenlehrer, demonstrierte uns einmal Lärm anhand eines Experiments. Er ließ ein Tonband laufen, eine Minute lang, mit irgendeinem Hörspiel. Im Anschluss daran bat er uns, sämtliche Geräusche aufzuschreiben, die wir gehört hatten. Die meisten Schüler konnten vier oder fünf gehörte Laute benennen, dabei waren es über zwanzig gewesen, wie uns Herr Pfammatter durch erneutes Abspielen des Bandes bewies. Man gewöhnt sich eben an Lärm. Er ist einfach da, ohne dass wir es merken. Hier aber, in Alaska, herrschte noch Ruhe.

Zwei Saisons lang arbeitete ich in der Jasper Park Lodge, dann kündigte ich und zog um nach Banff. Das kleine Städtchen liegt unweit von Lake Louise mitten im Banff-Nationalpark. Ich bezog ein Häuschen, in das ich gerade eben so hineinpasste, und nahm eine Stelle als Sous-Chef im Restaurant Beaujolais an. Da ich in meiner Freizeit nach wie vor durch die Wälder streifte, kam ich fast nur während der Arbeit mit Menschen in Kontakt. Noch schlimmer: Meine Kollegen und Kolleginnen waren vorwiegend Schweizer und Österreicher. Ich realisierte eines Tages bei einem Feierabendbier in ihrer Runde, dass ich in dieselben nichtssagenden Gespräche verwickelt wurde wie damals zu Hause. Und dass ich ihnen ebenso wenig abgewinnen konnte wie früher. Mir ging auf, dass sich an meinem Leben nichts Grundlegendes verändert hatte, dass ich nach wie vor nicht wusste, wie es verlaufen und womit ich ihm Sinn verleihen sollte. Stattdessen hatte ich es fast unverändert von der Schweiz nach Kanada verpflanzt, um es dort ähnlich uninspiriert weiterzuleben. Die Suche aber nach dem Sinngebenden und der eigenen Mitte, die war irgendwie auf der Strecke geblieben.

Es gab Zeiten, in denen ich mich ganz von den Menschen zurückziehen wollte. Dann trieb ich mich weit entfernt von der Zivilisation in den Tiefen der verschiedenen Nationalparks herum und wollte keiner Menschenseele begegnen. Hörte ich Pferde näher kommen, warf ich meinen Rucksack ins hohe Gras und legte mich flach in die Wiese. Ein Ohr auf den Boden gepresst, spürte ich die Erschütterungen der Hufschläge, rührte mich nicht, hob nur leicht den Kopf, um zwischen den Grashalmen hindurch zu sehen, wer da vorbeikam. Vernahm ich das Flappen eines Hubschrauberrotors, lief ich schnell zu einer Baumgruppe in der Nähe und versteckte mich im Unterholz, bis das Geräusch verklungen war. Ich wollte nicht gesehen werden. Ich wollte allein und identitätslos bleiben, eins sein mit der Natur. Und das bedeutete damals für mich, dass kein Mensch mich aus meinem Wildnistraum reißen durfte.

Der magisch-schreckliche Moment meiner ersten Bärenbegegnung war immer noch präsent, ließ mich nicht los und trieb mich immer wieder raus in die Natur. Mir wurde klar, dass ich den Job in Banff nur angenommen hatte, um mich in unmittelbarer Nähe der Wildnis aufhalten zu können. Also kündigte ich auch die Stelle im »Beaujolais« nach knapp einem Jahr.

Ich begann, Überlebenskurse zu belegen, und näherte mich so der Natur immer mehr. Pflanzenkunde war ein eminent wichtiger Bestandteil meiner Ausbildungen. Ich esse oft, was die Natur hergibt, Genießbares muss ich deshalb von Ungenießbarem oder gar Giftigem unterscheiden können, und Kenntnisse bezüglich Reifezeiten von Früchten und Beeren können sehr hilfreich sein.

Ein besonders eindrückliches Ausbildungscamp besuchte ich in den USA, in einer Gebirgswüste Utahs. Jim Riggs hieß unser Instruktor, der ein halbes Leben mit Indianern verbracht hatte und mit ihren Überlebenstechniken so vertraut war, dass er jungen Indianern ihre traditionellen Kunstfertigkeiten zurückgeben konnte. Das über Generationen überlieferte Wissen der Indianer ging vielerorts verloren, und so lehrte er sie zum Beispiel das Herstellen von Pfeilbogen.

Alles, was wir draußen zum Überleben brauchten, sollten wir in diesem Kurs selber herstellen oder erjagen. Nur für die erste Woche kauften wir Vorräte ein. Jim spazierte mit Mokassins und einem Lendenschurz bekleidet in einen großen Safeway-Supermarkt, wo wir einkaufen wollten. Ich war gespannt darauf, welche Nahrungsmittel er für unser Camp als essenziell erachten würde, und staunte, als einige Hundert Cola- und Bierdosen den Löwenanteil ausmachten. The American way of wilderness! Jim lebte in einem Tipi, doch sein Truck war nie weit entfernt. Ich fühlte mich an meinen ersten Kanada-Trip und unseren eigenen Van erinnert.

In der ersten Woche stellten wir im Camp all das her, was wir die nächsten drei Wochen zum Überleben benötigen würden. Jim war ein äußerst fingerfertiger und guter Lehrer, und während er uns unterrichtete, schüttete er Dose um Dose Cola in sich hinein. Um jeweils Punkt zwölf Uhr mittags stellte er unvermittelt auf Bier um, welches er während des restlichen Tages in gleicher Kadenz konsumierte wie morgens Cola. Die eingekaufte Schiffsladung Dosen, so merkten wir bald, war einzig für ihn bestimmt. Wir Kursteilnehmer mussten Wasser schöpfen. Und das war immerhin geschmacklich mit einer erdigen Note angereichert.

Im Camp lernte ich eine Menge. Jim brachte uns das Gerben frischer Rehhäute nach alter Indianermethode bei und wie daraus Mokassins und Kleider hergestellt werden. In selbst gefertigten Mokassins durch die Wildnis zu wandeln, mag romantisch klingen, ist es aber nicht ohne Einschränkung: Anfangs spürte ich durch die Sohlen meiner Mokassins jeden Stein, mit den Jahren wurden meine Fußsohlen aber selbst zu Leder. Ich lernte diesen unmittelbaren Kontakt mit der Erde schätzen. Im Sommer streifte ich manchmal sogar barfuß über die weichen, wasserschweren Sumpfwiesen. Das ist ein berauschend intensives Gefühl. Ich glaubte jeweils die Energie und die Kraft der Erde in den Fußsohlen zu spüren.

Aus Baumrinde erzeugten wir Köcher für die Pfeile und schnitzten Bogen und Pfeile. Jim lehrte uns, wie man mit Pfeil und Bogen jagt und wie man aus Pflanzenfasern Schnur herstellt, um Schlingen zu legen. Das sind komplexere Lektionen, als man im ersten Moment meinen könnte. Beispielsweise gibt nicht jede Pflanze Fasern her, die sich wie etwa Brennnessel zum Drehen einer Schnur verwenden lassen. (Nein, es brennt nicht, wenn beim Anfassen von Brennnesseln die Laufrichtung der glasartigen Brennhaare berücksichtigt wird, sodass sie nicht in die Haut eindringen, abbrechen und ihren Säureinhalt entleeren können.) Und um die richtige Pflanze zu finden, muss man sie erst einmal kennen, was nicht in jedem Fall so einfach ist wie bei der besagten Brennnessel. Ist die Schlinge endlich geknüpft, muss der hungrige Wilde noch wissen, wie und wo er sie auslegen muss, um zu seinem Braten zu kommen, und wie ein gefangenes Tier waidgerecht getötet und verwertet wird.

Eine weitere Lektion befasste sich mit dem Fischen. Wir flochten Reusen aus Weidenruten und legten sie bei kleinen Wasserfällen in den Bach. Dann gingen wir Forellen mit bloßer Hand fangen. Dazu musste ich einen kleinen Bach hinunterwaten und die vor uns flüchtenden Forellen beobachten. Sie schossen nach links und rechts unter die erodierten Uferzonen. Ich merkte mir eines der Verstecke und bewegte mich sachte dorthin. Mit dem Handrücken auf dem Grund des Bachs schob ich behutsam die Hand unter die Stelle, wo die Forelle verschwunden war. So weit, bis ich den Bauch der Forelle spürte und meine Hand blitzschnell schloss. Anfangs entglitten mir einige Tiere, aber schon nach wenigen Fehlversuchen hatte ich den Trick heraus und erwischte noch am selben Tag neun Forellen, drei weitere hatten sich in meine Weidenreuse verirrt.

Selbstverständlich lernte ich auch, mit Hölzchen Feuer zu machen. Die erfolgversprechendste Technik ist der Feuerbohrer: Ein grüner, biegsamer Ast wird wie ein winziger Pfeilbogen mit aus Naturfasern gefertigter Schnur gespannt. Dieser Bogen treibt ein Stück mit der Schnur umwickeltes trockenes Hartholz an, das als Bohrer auf ein ebenfalls trockenes und leicht entzündbares Weichholzbrettchen gesetzt wird. Durch die schnellen Drehungen des Bohrers auf dem weichen Brett entsteht feines Sägemehl und zunehmend Reibungswärme, die mit Geduld und etwas Glück schließlich das Sägemehl entzündet.

Mehrere Wochen lernte ich unter Jims Fittichen. Als ich nach Kanada zurückkehrte, war ich richtiggehend gestählt. Kaum ein Grämmchen Fett war nach den Entbehrungen in Utah an meinem Körper verblieben. Ich trug selbst gemachte Rehleder-Shorts, war braun gebrannt, und von meinem Gesicht schaute unter dem wild wuchernden Bart nicht allzu viel hervor. Jäger hatten mir Hirsch- und Rehhäute geschenkt, die ich nach alter Indianerart in meinem verwilderten kleinen Garten mitten im Banff-Nationalpark gerbte. Ich haute die Rehhaut über die Steine, und von Zeit zu Zeit blieben Passanten an meinem Zaun stehen, um mir verwundert zuzuschauen oder gar ein Bild des struppigen, in die Kamera grinsenden Wilden zu knipsen. Als der Parkaufseher

Walt das erste Mal in seinem Truck vorbeifuhr, bremste er heftig ab. Ein Grinsen überzog sein Gesicht, als er mich erkannte. »Was für ein großartiges Outfit, Reno!«, rief er, tippte zum Gruß mit dem Finger an seine Stirn und fuhr lachend davon.

Ich war jetzt vierundzwanzig Jahre alt, hatte keine Arbeit und keine Verpflichtungen und kam mit sehr wenig Geld aus. Ich war frei, beschloss, meinen Horizont um zusätzliche Interpretationen von Wildnis zu erweitern, und reiste südwärts. Erstmals erlebte ich den unvergleichlichen Amazonas-Regenwald. Sechs Monate lang reiste ich durch Südamerika, besuchte viele Nationalparks. Im peruanischen Nationalpark Manú ließ ich mich von der Parkleitung für zwei Studien anheuern. Die Leute wollten einerseits wissen, wie es um die Parkbestände des Wollaffen steht, außerdem sollte ich den Nachweis erbringen, dass im Park noch Brillenbären lebten. Im Gegenzug gewährte man mir Zugang zu Parkarealen, die dem Menschen normalerweise verwehrt bleiben und wo ich folglich die peruanische Variante total unberührter Wildnis erleben durfte.

Zurück in Banff, kaufte ich mit finanzieller Hilfe meines Vaters das Car Wash Café. Das kleine Lokal lag in Banffs Industriezone, direkt gegenüber dem Hauptgebäude des Banff National Park Warden Service, der die Einsätze und Belange der lokalen Nationalpark-Inspektoren koordiniert.

Ich servierte Frühstück, Mittagessen und Snacks, vorwiegend für die Arbeiter im Industriegebiet. Unter ihnen auch viele Parkaufseher von Parks Canada, der staatlichen Nationalparkverwaltung. Sie wussten natürlich von meinem Faible für Bären, und es ergab sich, dass sie mich dazu einluden, auf Volontär-Basis beim Ausfliegen und Wiederfreilassen von Bären mitzuhelfen. Diese sogenannten Problembären hatten zu sehr Gefallen gefunden an den Vorzügen menschlicher Zivilisation und sich beim

Plündern von Abfalltonnen und -containern allzu weit in die Stadt vorgewagt.

Weil ich mich als Volontär nicht allzu ungeschickt anstellte, ging die Parkleitung dazu über, mich für die Teilnahme an Einsätzen zu bezahlen. Ich arbeitete an Studien über Stierforelle, Elch und Wolf mit.

Ansonsten servierte ich in meinem kleinen Lokal Speis und Trank, und wann immer ich zwei- oder dreihundert Dollar zusammenhatte, buchte ich damit einen Helikopter, ließ mich irgendwo weit draußen in den Wäldern absetzen und marschierte wieder nach Hause. Diese Wanderungen dauerten mitunter Wochen. Selbstverständlich war solches Verhalten dem Geschäftsgang meines Lokals nicht eben förderlich. Meine Kunden wussten nie, ob der Laden gerade offen oder mal wieder für Tage oder Wochen geschlossen war, und wandten sich zuverlässigeren Gastronomiebetrieben zu. Nach nur einem Jahr verkaufte ich das Car Wash Café mit Verlust.

Ich fuhr nach Costa Rica und unternahm die anstrengendste Expedition meines Lebens: Zu Fuß durchquerte ich das Land, vom an der Pazifikküste gelegenen Nationalpark Manuel Antonio über den Vulkan Chirripó bis zum Cahuita-Nationalpark an der karibischen Küste.

Als in Nordamerika der Sommer anbrach, ging es wieder in Richtung Norden, wo ich die warme Jahreszeit mit den Bären Alaskas verbrachte und von dem lebte, was das Land hergab.

Auch in den darauf folgenden Jahren kam ich ziemlich in der Weltgeschichte herum. Ich besuchte Indien, Nepal, Myanmar, trekkte sechs Monate lang durch das Himalaja-Gebirge, bereiste Venezuela, Kolumbien, Brasilien und Argentinien. Immer hielt ich mich von den Menschenmassen fern, blieb nahe am Puls der Natur, war oft allein, aber selten einsam.

Auf mitunter monatelangen Backpacking-Touren lernte ich auch Nordamerika immer besser kennen. Etliche Ökosysteme erforschte ich im Kajak, verbrachte Wochen auf dem Noatak River in Alaska, dem Green River in Utah und paddelte der Nordküste von British Columbia entlang und zu den abgeschiedenen Inseln vor der Südostküste Alaskas.

So lebte ich jahrelang von der Hand in den Mund. War ich in der Wildnis, fütterte und tränkte sie mich. Kam ich in bewohnte Gegenden, machte ich etwas Geld mit Gelegenheitsjobs. Ich verdiente etwas Geld mit dem Verkauf von Fotorechten an Verlage, die meine Bärenbilder in Zeitungen, Zeitschriften, Büchern und als Postkartenmotive publizierten. Einmal verkaufte ich nach Indianerart selbst gemachte Körbe aus Zedernrinde, die mir Tlingit-Indianer zu meiner Überraschung begeistert gleich en gros für ihren Souvenirshop abkauften. Ein anderes Mal heuerte ich auf einem Krabbenfängerboot in Alaska an oder als Schiffsanstreicher in einer Werft. Immer hielt es mich nur so lange, bis ich ausreichend Geld hatte, um etwa neue Filme für meine Kamera zu kaufen oder ein Flugticket nach irgendwo. Mit dreihundert Dollar kam ich locker einen Sommer lang über die Runden. Ich hatte für mich das Prinzip »arbeiten zum Leben« realisiert, denn leben zum Arbeiten erschien mir weder logisch noch lebensfreundlich.

Und endlich begann ich auch, mich selbst kennen zu lernen. Die Landschaft, die Vegetation, die Tiere, einfach alles verschlug mir den Atem. Ich entwickelte ein schwer zu beschreibendes Gefühl der Verbundenheit mit all dem: Wenn ich diese gewaltige ursprüngliche Landschaft sah, dann verspürte ich einen immensen Hunger darauf, wollte sie mir einverleiben wie etwa ein frisches Lachsfilet und nie mehr loslassen. Das ist bis heute so geblieben und gibt mir Glücksgefühle, wie sie intensiver kaum sein könnten. Dabei ist es völlig unerheblich, ob ich auf einer Wanderung einem Bären begegne oder nicht – allein die Tatsache, dass ich die uralten Rhythmen der Natur spüre, verleiht der Wildnis eine Aura des Großen, des Universellen, und nur dort kann sich die Tatsache Ausdruck verschaffen, dass ich ein Teil des Ganzen bin, dazugehöre.

Diese Rückbesinnung, die Erkenntnis, Teil eines großen Ganzen zu sein, meine ich, wenn ich von Demut spreche. Die Attitüde der selbst ernannten Krone der Schöpfung, die sich über die Natur erheben will, hat uns weit von ihr entfernt, und die kanadischen Bergwiesen im Spätsommer gaben mir die Nähe zur Natur zurück. Wenn sie in den Farben der Sommerwurzgewächse, Gänse- und Glockenblumen leuchten, violett, rot, orange, gelb, tiefblau, dann bin ich zu Hause angekommen. Und wenn dann noch ein Grizzly im dicken Wintermantel durch diese Märchenlandschaft zottelt, dann ist mein Paradies perfekt.

Es gibt ähnliche Landschaften in der Schweiz, jedoch unterscheiden sie sich in einem markanten Punkt von ihren nordamerikanischen und südrussischen Pendants: Wo immer man in der Schweiz auf eine solche Landschaft trifft, sind garantiert Zeichen menschlicher Einflussnahme in Sichtweite. Eine Hütte oder eine Seilbahn, Wanderwegweiser, Strom- und Telefonmasten schneiden das Bild entzwei. Und dann der Wald: Er hat in der Schweiz diesen Namen nicht verdient! Ein natürlicher Wald ist hochkomplex, Hunderte von Arten, Abertausende von Organismen interagieren hier. Dazu braucht es nicht nur hohe Bäume, sondern auch Unterholz, gefallene Stämme und Äste, die am Boden vermodern dürfen und Mikrolebensräume für unzählige Gliedertiere schaffen sowie Verstecke, Nahrung, Höhlen, Nistmöglichkeiten für alle möglichen Tiere, Pflanzen, Flechten, Moose, Pilze. In einem »aufgeräumten« Wald aber, der von Unter- und

Fallholz befreit ist, in dem fast jede gefallene Tannennadel ihren festgelegten Platz hat, in welchem die Bäume nach geometrisch exakten Rastern gruppiert werden, lebt vergleichsweise wenig, und nur der Mensch findet daran Gefallen.

Deshalb langweilen mich Wanderungen in vielen Regionen der Schweiz, die Landschaft lebt nicht mehr oder nur noch bedingt; sie ist kupiert, gezähmt, in Ketten gelegt, denaturalisiert. Das ist der alles entscheidende Unterschied zwischen einer ursprünglichen, intakten Wildnis und einer domestizierten. Nur wo der Wald noch ungehemmt wuchern darf, kann man als Mensch den Puls der Erde wahrnehmen.

Sommer

Kamtschatka, 2004. Es ist Sommer geworden auf Kamtschatka. Doch das Klima ist auch jetzt noch von Extremen geprägt und unberechenbar: Nachdem während der letzten Tage bei fünfundzwanzig Grad Celsius die Sonne auf uns heruntergebrannt hat, beschert uns heute ein plötzlicher Wetterumschwung Temperaturen um fünf Grad und lässt uns eine Woche lang frieren. Eines Morgens zeigt der Barometerzeiger meiner Uhr pfeilgerade nach unten, sodass ich erst denke, das Gerät sei defekt. Doch dann lässt ein Taifun die Hütte bedenklich wackeln und hält Charlie und mich drinnen tagelang fest. Keinen Schritt vor die Tür wagen wir mehr, nachdem wir kurz kontrolliert haben, ob die Bären okay sind, und die Pfähle des Elektrozauns noch etwas tiefer ins Erdreich getrieben haben. Gebückt muss ich mich zur Hütte zurückkämpfen, während mir der Regen schmerzhaft ins Gesicht peitscht. Und die Bären? Die schlafen drei Tage lang gleichmütig unter einem Erlenbusch, ignorieren den kleinen Holzunterstand, unter dem es sich trocken schlafen ließe. Einzig wenn sie Hunger haben, melden sie sich wie alle kleinen Kinder, und Charlie oder ich stellen uns wohl oder übel dem Unwetter, um sie zu verpflegen. Ansonsten bleiben wir in der Hütte und kämpfen gegen den Erstickungstod, denn der Sturm lässt den Rauch unseres Feuers nicht durch den Kamin entweichen, sondern drückt ihn in die Hütte zurück. Die rohe Kraft der Naturgewalten auf diese Art zu erleben, ist beeindruckend.

Wie alle Kinder haben junge Bären Flausen im Kopf, treiben Schabernack und sind stets für ein Spiel zu haben. Auf einer unserer ausgedehnten Wanderungen klettern wir den Steilhang eines Vulkans hoch und stoßen auf 400 Metern über Meereshöhe auf ein ausgedehntes, steiles Schneefeld. Der Schnee kann hier an schattigen Lagen das ganze Jahr hindurch liegen bleiben. Er ist festgebacken und sehr glatt. Neugierig machen die Bären ein paar vorsichtige erste Schritte auf dem neuen, glatten und kalten Untergrund. Zunehmend mutiger, wagen sie sich weiter vor und beginnen schließlich aufgeregt herumzurennen. Wir steigen weiter den schneebedeckten Hang hoch, ich voraus und Charlie mit den Bären im Schlepptau hinterher.

Als ich etwas Vorsprung gewonnen habe, drehe ich mich um und versuche halb rennend, halb schlitternd auf den Füßen den Hang hinunterzurutschen. Die Bären halten inne und verfolgen mein Treiben mit offensichtlichem Interesse. Buck bewegt sich als Erster wieder. Er setzt sich mit seinem Hintern auf den Schnee, worauf er augenblicklich in Bewegung gerät und den ganzen Hang hinunterrutscht. Kaum zum Stillstand gekommen, schüttelt er sich kurz, sodass der Schnee in alle Richtungen stiebt, und macht sich sogleich wieder an den Aufstieg, nur um sich, oben angekommen, sogleich wieder in die Tiefe zu stürzen.

Es ist ein so unerwartetes wie erheiterndes Erlebnis: Gerade habe ich miterlebt, wie ein junger Bär das Schlitteln entdeckt. Einer nach dem anderen machen es ihm alle Jungbären nach: Hintern in den Schnee, ungebremst den Berg hinunterschlittern und sogleich wieder nach oben hetzen, um das Spiel von vorne zu beginnen. Sie entwickeln rasch Varianten, stürzen sich etwa kopfvoran auf dem Bauch liegend hinunter oder lassen das Schlittern in ein Kugeln und Sichüberschlagen übergehen; dabei kommen sie auf Tempi von bestimmt sechzig, siebzig Stundenkilometern.

Charlie und ich amüsieren uns und finden unsere Adoptivkinder äußerst drollig – bis Gina, die Keckste von allen, eine Schussfahrt auf dem Bauch beendet, indem sie mit dem Kopf voran in den einzigen Stein weit und breit donnert. Sie wird mehrere Meter weit durch die Luft katapultiert, prallt mit einem dumpfen Schlag wieder auf den harten Untergrund und bleibt reglos liegen. Charlie und ich hetzen hin, doch Gina hebt bereits ihren Kopf, klettert aus ihrem beängstigend tiefen Aufschlagkrater. Heftig schüttelt sie sich – und rennt den Hang hinauf, um sich in die nächste Rutschpartie zu stürzen.

Bären sind extrem robuste Tiere mit einer unglaublich hohen Schmerzgrenze. Das liegt an ihrer Lebensweise, und ich stelle mir vor, dass unserer Vorfahren, in noch ungebändigtem und rauem Lebensraum ums tägliche Überleben kämpfend, ganz ähnlich funktionierten.

Als es Zeit für die Heimkehr wird, gelingt es Charlie und mir nur mit Mühe, die Bären von ihrem neu entdeckten Spiel abzubringen. Das Spiel im Schneefeld wird zu einem regelmäßigen Bestandteil unserer Ausflüge. Wenn wir uns dem Ort jeweils nähern, stellt die Reaktion der Bären sich schon in beträchtlicher Entfernung ein: Wie kleine Kinder, die sich auf den Spielplatz freuen, stürmen sie übermütig davon.

Später konnte ich weitere Varianten des Spieltriebs von Bären beobachten. Im Frühsommer 2010 in Alaska beispielsweise lernte ich eine Bärin kennen, der ich den Namen Blueface gab. Sie schien ein sonniges Gemüt zu haben und tollte täglich mit ihren drei halbjährigen Jungen herum, was man sonst eher selten zu sehen bekommt. Eines ihrer Kinder schien ihr Liebling zu sein. Sie hetzte ihm nach und gab nicht auf, bis es auf das Spiel einging und seiner Mutter wieder und wieder mit voller Wucht an den Kopf sprang.

Bestimmt hat dieses Spiel einen biologischen Nutzen, etwa, dass der Jungbär sich so auf den Ernst des Lebens beziehungsweise auf Kämpfe mit anderen Bären vorbereiten kann. Doch wenn man ihnen zuschaut, scheint es vor allem reiner Spaß zu sein.

Im Jahr zuvor hatte ich mich, ebenfalls in Alaska, mit Andrea beschäftigt, einer etwa vierjährigen Bärin, die mich oft »besuchte« und die ihren Namen aus einem sehr speziellen Grund erhielt, aber das wird später in diesem Buch noch klar. Sobald mich Andrea erspähte, änderte sie ihre Richtung und näherte sich mir in gerader Linie. Einmal folgte sie mir bis zur Hütte und blickte zur Vordertür hinein.

Das erste Mal, als ich sie gesehen hatte, kam sie am gegenüberliegenden Ufer zum Fluss, an dem ich auf einer Kiesbank saß, und legte sich scheinbar gelangweilt hin. Nach einer Weile begann sie, mit ihren Tatzen einige Dreckbälle zu formen, die sie anschließend einen nach dem anderen über die Uferkante schubste; sie schaute zu, wie die Klumpen im milchigen Gletscherwasser verschwanden und sich auflösten. Danach schaute sie zu mir hinüber, erhob sich und schwamm über den Fluss zur Spitze meiner Kiesbank. Sie schüttelte das eisige Wasser aus ihrem Pelz und rannte übermütig und mit schwingendem Kopf auf mich zu, bis ich ihr in unmissverständlichem Tonfall zu verstehen gab, ich sei nicht der richtige Spielpartner für sie. Sie zottelte davon, um ihr Glück bei zwei Bären zu versuchen, die aus einiger Distanz die ganze Szene beobachtet hatten.

Aber zurück zu Kamtschatka: Keine unserer Wanderungen gleicht der andern. Jeden Tag sehen und erleben wir Neues, an der Landschaft, an uns selbst und natürlich an den jungen Bären. Jeder von ihnen hat einen ganz eigenen Charakter, nicht anders als wir Menschen. Das hört sich vielleicht nicht gerade beeindruckend an, aber es ist ein ungemein spannendes Erlebnis, dabei zu sein, wenn ein kleiner Bären-Träumer durch die Felder streift und daneben seine ehrgeizige Schwester zielstrebig nach Nahrung sucht.

Jedes der Tiere reagiert unterschiedlich auf äußere Einflüsse, außerdem sind sie Launen unterworfen, die sich von Tag zu Tag oder von Stunde zu Stunde ändern können. Eines der Jungen kann heute begeistert herumtollen und am nächsten Tag mit hängendem Kopf neben uns hertrotten, gerade so, als ob er mit der linken Pfote aufgestanden wäre und nichts ihm heute Freude bereiten könnte.

Nie zuvor bin ich dem Wesen des Bären so nahe gekommen wie hier.

Sesshaft, fast

In den Nationalparks Albertas kannte man mich langsam, aber sicher, und so kam ich immer häufiger zu bezahlten Aufträgen. Ich wurde von den Parks zur Mitarbeit an Elchstudien engagiert und mit anderen Feldforschungen beauftragt. Im Rahmen einer Winterstudie wertete ich nach jedem Schneefall Spuren des Wolfs und anderer Großraubtiere wie Puma oder Vielfraß aus, verfolgte sie kilometerweit durch die verschneiten Rockies. Im Rahmen dieser Projekte erlernte und vertiefte ich meine Kenntnisse der Anwendung von Radiotelemetrie, Feldkompass, topografischen Karten und GPS.

Mit Alan Kean, einem ehemaligen Greenpeace-Aktivisten, und Peter Poole, einem äußerst umweltbewussten und vermögenden Unternehmer aus Banff, formierte ich 1996 die Umweltorganisation UTSB Research. UTSB steht für Under The Sleeping Buffalo, wir wählten den Namen, weil Banff unter dem »Tunnel Mountain« liegt, der in der Sprache der Stoney-Indianer seiner Form wegen Sleeping Buffalo genannt wird. In unseren Bemühungen zum Schutz des Parks setzten wir auf Information, betrieben Straßenarbeit, hielten öffentliche Vorträge und klärten an Schulen auf.

Als Schwesterorganisation gründeten wir die BEAR Society. BEAR ist die Abkürzung für Banff Environmental Action and Research Society (Gesellschaft für Umweltaktionen und -forschung in Banff), und der Bär wurde zu unserem Symbol für eine intakte Umwelt. Im Gegensatz zu UTSB Research setzten wir in dieser zweiten Organisation nicht schwergewichtig auf Information, sondern auf konkretes Handeln. Wir bekämpften aktiv Missstände im Nationalpark. So etwa hatten wir uns die Einschränkung der Jagd auf Bären in der Provinz Alberta zum Ziel gesetzt. Auch kontrollierten wir Umweltverträglichkeitsprüfungen für Bauprojekte im Banff-Nationalpark und griffen sie auf juristischem Weg an, wenn wir zur Überzeugung gelangten, dass sie den Interessen des Naturschutzes zuwiderliefen. Unsere Kampagnen gegen entsprechende wirtschaftliche und politische Projekte führten wir angriffig, aber mit legalen Mitteln.

Als einer von drei Leitern von UTSB Research war ich ansatzweise sesshaft geworden in Kanada. Das Amt gab meinem Tun nicht nur vertieften Sinn, sondern brachte auch viel Verantwortung mit sich. Es verlangte ein geregelteres Leben, als ich es bisher geführt hatte. Mir oblag die Leitung von Feldforschungen, ich hatte Umweltgutachten zu analysieren, musste Workshops und Konferenzen organisieren, Medieninterviews geben. Auch mit dem bisher ungeliebten Papierkram begann ich mich auseinanderzusetzen, verfasste Pressemitteilungen sowie Lehrmittel zur Ökologie des Bären und zur Sicherheit im Umgang mit ihm und gestaltete Flugblätter.

Der UTSB-Job entsprach ungefähr einer halben Stelle. Es blieb mir also ausreichend Zeit, daneben meine Ausbildung voranzutreiben. Ich ließ mich zum »wilderness guide« ausbilden und erhielt die international anerkannte Zertifizierung der ACMG (Association of Canadian Mountain Guides). Sie gibt mir die Befugnis, Menschen auf Trekkingtouren zu führen. Naheliegenderweise spezialisierte ich mich auf geführte Bärentouren in Nordamerika. Zu meiner Kundschaft gehörten Filmer, Fotografen und Biologen ebenso wie Touristen, die einmal in ihrem Leben einen frei lebenden Grizzly sehen wollten.

Natürlich konnte ich ohne meine Tage in der Wildnis nicht auskommen, so war meine neue Sesshaftigkeit denn auch relativ. Ich reiste zwar weniger, dafür aber gezielter. Insbesondere meine Sommer in Alaska ließ ich mir nicht nehmen: Zu kostbar waren sie. Wie kostbar, zeigte sich auch anhand einer seltsamen Verkettung misslicher Umstände – die meinem Leben eine ganz neue, glückliche Wendung gaben.

Gegen Ende eines intensiven Sommers in Alaska stattete mir unverhofft Uriah, ein Freund aus Tenakee Springs, einen Besuch in meiner Hütte ab. Er brachte mir ein höchst sonderbares Gastgeschenk mit: eine große Portion Bärenfleisch. Ich war entrüstet und weigerte mich, davon zu essen. Als Uriah aber zwei Tage später wieder abreiste und das Fleisch zurückließ, revidierte ich meine Ansicht. Einerseits ist es eine Schande, Fleisch verkommen zu lassen, für das ein Bär sein Leben hat lassen müssen. Andererseits bot sich mir die Gelegenheit, inskünftig mitreden zu können, wenn es um die Bejagung des Bären zu kulinarischen Zwecken geht.

Ich reicherte das Fleisch mit selbst gepflückten Wildpflanzen an und briet mir daraus einen fast tellergroßen Hamburger. Eine der Wildpflanzen, die ich dem Mahl beifügte, heißt »goose tongue« – Strandwegerich – ein Kraut, das auch Bären gerne verzehren. Ich dämpfte die Blätter, schmeckte sie mit Tamari-Sauce und Knoblauch ab. Ich gebe zu, das Mahl schmeckte köstlich.

Am nächsten Morgen schlug ich meinen Pflanzenführer auf und erwischte zufällig die Seite, auf der Strandwegerich, botanisch *Plantago maritima*, abgebildet war. Auf der gegenüberliegenden Seite wurde der Stranddreizack (*Triglochin maritima*) beschrieben, ein Kraut, das gerne mit Strandwegerich verwechselt wird. Ich las nach, dass der Verzehr der oberirdischen Dreizack-Pflanzenteile bei Weidevieh zu Vergiftungserscheinungen führt. Ich studierte die Bilder, und mir wurde unwohl. Schnell warf ich mir eine Jacke über und rannte ans Meeresufer zur der Stelle, wo ich die Pflanzen gepflückt hatte. Sofort wurde mir klar: Hier gab es weit und breit keinen Strandwegerich, dafür aber verdammt viel Stranddreizack.

Zwar bin ich kein Weidevieh, aber die Sache mit meinem gestrigen Mahl wurde mir nun doch ein wenig suspekt. Ich machte mich deshalb auf den Weg ins Dorf, um meine Bekannte Vicki aufzusuchen. Ich wusste, dass sie sich mit Pflanzen gut auskennt. Ich erklärte ihr mein Problem, und Vicki runzelte die Stirn. Obschon seit dem Verzehr schon ein Tag vergangen war und ich mich gut fühlte, riet sie mir, mich von einem Arzt eingehender beraten zu lassen.

Wir riefen im Krankenhaus von Juneau an und erkundigten uns nach dem toxikologischen Aspekt der Angelegenheit. Die Antwort der Krankenschwester am Apparat war ebenso bündig wie beruhigend: »Wenn Sie bis jetzt nichts gespürt haben, dann können Sie die Sache vergessen.« Ich bedankte mich bei Vicki und machte mich auf den Rückweg zur Hütte. Ich war beruhigt, dass das Schicksal mir das Bärenmahl ungesühnt hatte durchgehen lassen.

Etwa zwei Wochen später ging mein Sommer in Alaska zu Ende. Ich packte meine Siebensachen und verabschiedete mich im Dorf von einigen Freunden. Ich wollte auf dem Seeweg zurück zum kanadischen Festland reisen. In Whitehorse, einer Stadt im Yukon, legte ich einen Zwischenhalt ein. Unverhofft traf ich dort Gavin und Leanne, ein Freundespaar, das ich schon länger nicht gesehen hatte.

Gavin hatte an diesem Tag Geburtstag, und spontan lud er mich zum Essen in ein marokkanisches Restaurant ein. Das Essen schmeckte ausgezeichnet und wurde durch einen samtigen kalifornischen Rotwein abgerundet. Wir sprachen über Bären und über die Arbeit und das Leben der beiden und lachten viel, als ich plötzlich einen dumpfen Schmerz in meinem Bauch verspürte, der rasend schnell in die Brust hochschoss. Ich begann zu zittern, und dann kippte ich mitsamt meinem Stuhl nach hinten weg.

Als ich wieder aufwachte, blickte ich in die Augen einer Krankenschwester. Sie hatte sich über mich gebeugt, drückte mir eine Sauerstoffmaske auf die Nase flehte mich eindringlich an: »Atme! Bitte atme! Atme!« Erneut tauchte ich weg. Als ich zum zweiten Mal aufwachte, lag ich noch immer in einem Spitalbett. Ein grüner, zugezogener Vorhang umgab es, der nur einen winzigen Spalt frei ließ. Ich blickte hindurch und entdeckte einen Engel. Die Sonne, die durch das deckenhohe Fenster im Hintergrund schien, ließ das zauberhafte Wesen in ihrem Licht erstrahlen und ich verliebte mich auf der Stelle. Später erfuhr ich, dass der französischsprachige Engel meine Krankenschwester war, eine Québécoise namens Mireille.

Das Zyanid aus den Blättern des zwei Wochen zuvor verspeisten Stranddreizacks hatte sich in meiner Leber angesammelt, mit dem Schwefel von Gavins kalifornischem Geburtstagswein interagiert und einen Zusammenbruch ausgelöst. So die Ausführungen des verantwortlichen Arztes. Die Therapie bestand aus einer Leberkur auf der Basis von Kräutern und Wurzeln. Drei Tage lang lag ich mit hohem Fieber im Bett und schwitzte. Am vierten Tag war ich genesen.

Ich blieb in Whitehorse hängen, denn nicht nur ich hatte einen Engel in Mireille erblickt, sondern sie auch einen in mir. Wir verbrachten einige Tage zusammen in Whitehorse und genossen die goldene Herbstsonne, bis ich sie wieder losließ und nach Banff zurückkehrte. Einen Monat später ging ihr Saisonjob im Spital zu Ende, und sie kam nach Banff. Zwei Jahre lang wohnte sie dort in einer eigenen Wohnung, wenige hundert Meter von meiner entfernt, und wir genossen das Leben zu zweit, wenn ich nicht gerade irgendwo in den Bergen, in Alaska oder Russland unterwegs war. Wir liebten uns, ohne große Pläne zu schmieden. Nach zwei Jahren kam unsere Tochter Isha auf die Welt, und wir zogen zusammen.

Mireille ist kein so extremer Outdoor-Mensch wie ich, sie bevorzugte Tageswanderungen und auf längeren Trips eine Lodge für Übernachtungen. Aber sie stellte sich meinen Abenteuern und Expeditionen nie in den Weg, was ich ihr heute noch hoch anrechne. Stattdessen unterstützte sie mich, weil sie wusste, dass ich zum Leben brauchte, was mir Berufung und Beruf zugleich war.

Bloß ein einziges Mal wurde es sogar Mireille zu viel. Einige Wochen nach der Geburt unserer Tochter im Februar 2000 betraute mich eine Wildnis-Lodge an der Chinitna-Bucht am Rande des Lake-Clark-Nationalparks in Alaska mit der Reorganisation ihres Bärenbeobachtungskonzepts. Ich sollte ihm zu mehr Struktur und Nachhaltigkeit verhelfen, damit das Beobachten und Fotografieren wild lebender Bären mit möglichst wenig Einfluss auf die Tiere und ihren Lebensraum vonstattengehen konnte.

Während meiner Beobachtungen stieß ich eines Tages auf einen jungen, im vergangenen Winter geborenen Braunbären. Er schien allein unterwegs zu sein, ich hielt mich jedoch zurück, beobachtete ihn dabei, wie er Unmengen von Strandwegerich fraß, und war darauf gefasst, dass jeden Moment seine Mutter auftauchte. Das tat sie nicht, und bald wurde mir klar, dass dieses Junge verwaist war. Ich erinnerte mich daran, tags zuvor Schüsse gehört zu haben, und kam zum Schluss, dass die Mutter dieses Welpen von einigen »Rednecks« gewildert worden war, die in der Nähe lebten und ziemlich wahllos Bären abschossen, die ihrer Behausung vermeintlich zu nahe kamen.

Einige Tage lang beobachtete ich das Jungtier und gab ihm aufgrund seiner Vorliebe für Wegerich den Namen Goosetongue. Es verhielt sich gut und schien genießbare Nahrung zu finden, ohne die fettreiche Muttermilch aber standen seine Chancen schlecht, während seines ersten Sommers ein winterschlaftaugliches Gewicht zu erreichen. Hinzu kam, dass sich ein so junges Tier in der dichten hiesigen Population keinen Lachsplatz am Fluss würde erstreiten können: Ohne diese wichtigste eiweißreiche Nahrungsquelle aber sind Küstenbären so gut wie verloren.

Daher beschloss ich, dem Jungtier unter die Arme zu greifen. Dieses Vorhaben war natürlich nicht über jeden Zweifel erhaben, man sollte nicht in die natürlichen Zyklen der Natur eingreifen; in diesem speziellen Fall aber war ein Mensch für die Verwaisung des Bären verantwortlich, und ich fand, dass ein Mensch dafür zu sorgen habe, wenigstens seine Überlebenschancen zu erhöhen. Um die Zeit bis zur Reife der zuckerreichen Beeren zu überbrücken, wollte ich Goosetongue mit ausreichend Eiweiß versorgen. Gemeinsam mit Sam, einem hier ansässigen Freund, fing ich draußen in der Bucht mithilfe seines Netzes Lachse. Diese Fische hinterlegte ich Goosetongue während einiger Wochen an einem abgelegenen Platz, der ansonsten wenig Nahrung bot und daher keine Bären anzog.

Ich versuchte, den Kontakt mit dem Tier auf ein Minimum zu beschränken, deponierte die Fische meist ungesehen im Streifgebiet des Bärs, denn ich wollte nicht, dass er sich an mich gewöhnt, was in einer bejagten Population fatal enden kann. Der Kleine identifizierte die Lachse ganz offensichtlich als essbar und legte rasch und merklich an Gewicht zu, und jedes Kilogramm freute mich, erhöhte es doch die Chancen des Welpen, den ersten Winter zu überleben. Ich verschob meine Heimreise, um dem Kleinen noch etwas länger zu helfen, doch letztlich verlor Mireille für einmal die Geduld und stellte mir ein Ultimatum: Entweder ich kehrte sofort zu ihr und meinem Menschenkind zurück, oder ich sollte für immer bei meinem Bärenkind, bei Goosetongue, bleiben. Die Vernunft siegte, und ich reiste nach Hause. Ein Glück war, dass die Lachse endlich eingetroffen waren. Ob Goosetongue überlebte, kann ich nicht sagen. Mit Sicherheit aber waren seine Chancen, es alleine zu schaffen, durch meine Zusatzfütterung um einiges gestiegen.

Im Jahr 2002 zogen wir für zwei Jahre in die Schweiz. In La Rogivue, einem winzigen, für Schweizer Verhältnisse abgeschiedenen Dorf im Kanton Waadt, fanden wir ein einfaches Häuschen. Während Mireille eine Zusatzausbildung als Hebamme machte, verbrachte ich die Tage mit unserer Tochter. Nur gelegentlich reiste ich für kurze Abstecher nach Kanada und Alaska, um Guiding-Aufträge zu erfüllen. Ansonsten bewanderte ich gemeinsam mit Isha die umliegenden Freiburger Berge und lernte die Schweizer Natur besser kennen. Und für einmal hatte ich regelmäßig Kontakt mit meinen Eltern, Brüdern und sonstigen Verwandten.

Meinen langen Aufenthalt in Europa nutzte ich, um Kontakte zu knüpfen und zu intensivieren. So etwa zu den Bärenleuten im Trentino und zur Tierschutzstiftung Vier Pfoten. Letztere engagierte mich für die Ausbildung von Bärenparkwärtern in Osteuropa; so musste ich nicht ganz ohne Bären auskommen. Auch meine Arbeit für die BEAR Society und UTSB Research konnte ich, Internet sei Dank, aus der Schweiz weiterführen, wenngleich die Organisationen einige meiner lokalen Aufgabenbereiche neu verteilen mussten.

Als Mireille ihre Ausbildung abgeschlossen hatte, zogen wir wieder nach Kanada. Aber ich begann nun, regelmäßig während des bärenarmen Winters in die Schweiz zu reisen. Ich hielt hier Vorträge vor Erwachsenen und Schulklassen oder führte multimediale Präsentationen durch, begleitet von einem mehrgängigen »Bärenmahl«, bei dem ausschließlich Nahrungsmittel serviert wurden, die auch der Bär frisst. Ich lobbyierte für mein Totem-Tier, betrieb Aufklärung für Jagdgesellschaften und bei Behörden über das Verhalten gegenüber Bären, über Maßnahmen wie bärensichere Abfallkübel und die Chancen und Risiken einer Rückkehr des Bären in die Schweiz. Verschiedenste Medien interviewten mich, so etwa das Schweizer Fernsehen, Zeitungen und einheimische Radiosender.

Ausschlaggebend für eine weitere wichtige Wende in meinem Leben war ein kurzer Artikel mit Foto, der in der Pendlerzeitung »20 Minuten« erschien und auf einen meiner Kamtschatka-Vorträge hinwies. Auf dem Foto im Artikel waren vier meiner russischen Schützlinge abgelichtet. Sie blicken frontal an mir vorbei in die Kamera, von mir selbst ist nur eine Rückenansicht zu sehen.

Ein paar Tage nach dem Erscheinen des Artikels erhielt ich eine E-Mail von einer mir unbekannten Frau namens Andrea. Darin dankte sie mir für meine Arbeit und drückte ihren Respekt darüber aus, dass beim abgebildeten Foto der Bär im Zentrum stand und der Mensch nicht zu erkennen war; sie fand das außergewöhnlich, sonst sei das immer umgekehrt. Sie sah darin meine Haltung widerspiegelt, dass es bei meiner Tätigkeit nicht um mich selbst, sondern um die Sache der Bären und der Natur geht.

Die herzliche, unvoreingenommene Art, mit der sie meiner Arbeit begegnete, bewegte mich. Nur wenige Wochen später machte sich Andrea mit ihrem Lebenspartner nach Afrika auf, um während zweier Jahre den Kontinent zu erkunden. In Sambia lernte sie den bekannten Schweizer Tierschützer Karl Ammann kennen und ließ sich spontan auf dessen Auffangstation für verwaiste Affen für Freiwilligenarbeit anheuern. Wir schrieben uns oft, begegneten uns aber nie. Auf ihrer Reise stellten Andrea und ihr Lebenspartner fest, dass sie in ihrer Beziehung wesentliche Elemente vermissten, und so trennten sie sich als Paar, reisten aber gemeinsam weiter durch den Kontinent.

Dreizehntausend Kilometer entfernt, völlig unabhängig davon, aber fast auf den Tag genau zur selben Zeit, beendeten Mireille und ich in Kanada unsere Beziehung. Dass wir nach etlichen Jahren des Zusammenlebens auseinandergingen, hatte nichts mit meiner häufigen Abwesenheit und meinem Outdoor-Leben zu tun. Vielmehr hatten wir uns im Laufe der Jahre schrittweise auseinandergelebt und stellten eines Tages fest, dass unsere Liebe sich davongestohlen hatte.

Ich hatte ziemlich zu nagen am Auseinanderbrechen unserer kleinen Familie, fand es schwierig, die gewohnte Sicherheit des familiären Hafens nicht mehr zu haben. Die Trennung aber war Voraussetzung, um unsere Seelen zu befreien. Außerdem erleichterte Mireille mir die Trennung durch ihren offenen Umgang mit der Betreuung unseres gemeinsamen Kindes. Wann immer ich in Kanada weile, steht sie Isha und mir nicht im Wege, unsere Beziehung weiterzupflegen.

Andrea und ich blieben in Kontakt. Wir hatten uns per Brief und E-Mail gern bekommen, das war unvermeidlich, so stark decken sich unsere Ansichten und Wertvorstellungen. Aber erst zwei Jahre später verabredeten und begegneten wir uns erstmals. Am zweiten Tag schon sagte ich zu ihr: »It feels right.« Sie brauchte etwas länger, doch nach zwei Wochen waren wir ein Paar, und es begann eine wunderschöne und intensive Beziehung.

Das Schicksal meinte es gut mit uns: Während dieses Buch kurz vor seinem Abschluss stand, im Mai 2011 und nur einen einzigen Tag bevor ich nach Alaska reisen sollte, wo ich einen Auftrag für eine Führung hatte, kam unsere gemeinsame Tochter auf die Welt: Ara.

Spätsommer

Kamtschatka, 2004. Wir sitzen in der Hütte und haben gerade zu Abend gegessen, als wir draußen ein »Wuff!« hören, unmittelbar gefolgt von aufgeregten Stresslauten der Jungbären. Charlie blickt aus dem Fenster und sieht gerade noch einen großen Bären hinter dem Haus verschwinden. Wir stürmen aus dem Haus und zum Gehege. Der Bär schleicht um den Zaun herum, die Jungbären verkriechen sich verängstigt unter den Erlenbüschen. Wir versuchen sie mit sanfter Stimme zu beruhigen. Der Bär kommt näher, er ist erregt, Speichel tropft ihm aus dem Maul. Uns würdigt er keines Blickes, sein Interesse gilt ausschließlich den Jungbären.

Mit lauten Rufen versuchen wir ihn zu verscheuchen, doch er lässt sich davon nicht im Mindesten beeindrucken. Er stellt sich auf seine Hinterpfoten, um über das schützende Gebüsch hinweg besser ins Gehege der Jungbären spähen zu können. Schließlich bleibt uns nur der Pfefferspray. Wir sprühen eine Wolke davon in den Wind, der sie die acht Meter bis zu ihm hin trägt. Jetzt endlich lässt er ab und rennt davon. Als er sich nach wenigen Metern schon wieder zum Gehege umdrehen will, verscheuchen wir ihn mit resoluten Rufen endgültig. Er gibt sich geschlagen und verschwindet, doch Charlie und ich wissen, dass wir uns ab heute noch mehr vor Bärenmännchen hüten müssen, mindestens dieser eine hat Lunte gerochen und wird das nicht so schnell vergessen.

Die Entwicklung der Welpen schreitet rasant voran. In nur anderthalb Monaten verdoppeln sie ihr Gewicht und innerhalb eines weiteren gleich noch einmal. Mit gegen dreißig Kilogramm haben sie bereits Ende August das notwendige Minimalgewicht für den ersten Winterschlaf erreicht. Aus den tapsigen Wollknäueln sind richtige Bären mit der Schulterhöhe eines großen Deutschen Schäferhundes geworden.

Immer noch beeindruckt mich die tiefe, lebendige Stille dieser Region. Im Süden Kamtschatkas gibt es fast keine Singvögel, nur selten ist die Luft von Vogelgezwitscher erfüllt. Weit über unseren Köpfen kreist dann und wann ein Riesenseeadler, der größte Adler der Erde. Ganz selten wird die Stille vom Grollen des Vulkans Kambalny durchbrochen, einem von neunundzwanzig aktiven Vulkanen auf der Halbinsel. Immer wenn ich das dumpfe Rumpeln vernehme, weiß ich, dass die Erde atmet. Wenn ich höre, wie sie durch den Schlot des Berges nach außen schnaubt, spüre ich die Erde in ihrer Ursprünglichkeit.

Ende August reifen die Pinienzapfen, und auf unseren täglichen Wanderungen ist nun ihnen ein großer Teil unserer Aufmerksamkeit gewidmet. Aufgrund des sehr hohen Fettgehalts ihrer Kerne sind sie für die Bären die herbstliche Hauptnahrung. Dass sie essbar sind, mussten wir unseren Bärenkindern nie zeigen, und auch hier zeigt sich ihre Individualität: Jedes Tier entwickelt seine eigene Technik, um an die fettreichen Kerne der Zapfen zu gelangen, und sie legen dabei unterschiedliches Geschick an den Tag. Insbesondere Sheena fällt auf, sie setzt sich jeweils auf ihr Hinterteil und hält die Zapfen mit beiden Vorderpfoten vor ihr Maul. Sie ist dermaßen geschickt, dass ich nie auch nur einen einzigen Kern hinunterfallen und verloren gehen sehe.

Pinienkerne sind ein gutes Beispiel dafür, wie sehr die Nahrung eines Bären von seinem Lebensraum und dessen Artengemeinschaft abhängt. Hoch oben in den kanadischen Rockies wachsen die gefährdeten Pinienarten Weißstämmige Kiefer (*Pinus albicualis*) und Biegsame Kiefer (*Pinus flexilis*). In ihren Zapfen bergen sie Piniennüsschen, die den südrussischen sehr ähnlich sind, die hier auf Kamtschatka von den Bären mit Vorliebe gefressen werden. Die Bären in den kanadischen Rockies jedoch verschmähen sie. Weiter südlich im Yellowstone-Ökosystem wiederum fressen die Bären Pinienkerne. Es gibt einen einleuchtenden Grund für diese wählerische Haltung: Im Yellowstone fressen die Bären die Piniennüsse nur, weil dort eine Eichhörnchenart lebt, welche die Pinienzapfen sammelt und in großen Wintervorratslagern hortet. Die Bären warten ab, bis die Speicher der Eichhörnchen im Herbst üppig gefüllt sind, und graben sie dann aus. In den Rockies fressen sie die Nüsse wohl aus lauter Bequemlichkeit nicht, denn niemand dort übernimmt für sie die beschwerliche Sammelarbeit.

Jeweils zur Mittagszeit macht unser Trupp Rast. Die Bärenkinder und die Menschenmänner rollen sich windgeschützt hinter einem Fels oder in einer Kuhle am Boden zusammen und halten ein Schläfchen. Dann wird weitergefressen. Die Jungbären wiegen jetzt beinahe vierzig Kilogramm und sind Gleichaltrigen, die in Begleitung ihrer Mutter sind, in jeder Beziehung weit voraus.

Wir merken, dass sich unsere Schützlinge immer widerstrebender mit uns auf den Heimweg machen. Während des Sommers sind wir auf unseren Wanderungen bewusst immer Routen gefolgt, wo das Risiko, auf andere Bären zu treffen, gering ist. So ist es denn auch nie zu Aggressionen gekommen, und das große Männchen, welches eine Zeit lang Interesse an den Jungen bekundete, ist offenbar zum Schluss gekommen, dass dieses Futter zu gut geschützt ist, und hat sich verzogen.

Doch uns beschäftigt auch ein anderes Problem, das unsere Jungen spätestens im nächsten Jahr bedrohen wird, wenn sie ohne unseren Schutz zurechtkommen müssen: die Wilderei. Der Hauptgrund für die brutale Jagd auf Bären ist seine Gallenblase. Auf dem geografisch nicht allzu fernen asiatischen Schwarzmarkt wird sie sehr teuer gehandelt, weil sie angeblich gegen verschiedenste Gebrechen hilft. Von Diabetes über Leberbeschwerden und Magengeschwüre bis hin zu Herzbeschwerden verspricht die traditionelle chinesische Medizin Linderung und Heilung durch Bärengalle. Wahr ist nicht nur, dass der medizinische Nutzen bis heute nicht nachgewiesen werden konnte, sondern auch, dass man längst auf Ersatzprodukte aus Schweine- oder Rindergalle ausweichen könnte, welche dieselben »Wirkstoffe« enthalten.

Auf Kamtschatka spielt aber auch die gesetzlich erlaubte Trophäenjagd eine Rolle; man geht von rund dreihundert jährlich durch zahlende amerikanische und europäische Trophäenjäger getöteten Bären aus. Der Anreiz, auf die ansonsten verbotene Bärenjagd zu verzichten, ist für die Einheimischen jedoch klein. Die ökonomische Situation ist für die meisten Menschen im fernen Osten Russlands extrem angespannt. Sie müssen mit minimalem Einkommen überleben, und das Leben in dieser kargen Gegend ist teuer, denn alles muss eingeflogen werden. Erlegt ein Wilderer illegal einen oder zwei Bären pro Jahr, verdient er mit ihren Gallenblasen, Krallen und Zähnen auf dem Schwarzmarkt oder in den Souvenirläden so viel Geld, dass er auch eine größere Familie ein Jahr lang unterhalten kann. Wer könnte dem Mann seinen Frevel unter diesen Voraussetzungen übel nehmen...

Gefragt ist die Politik. Und tatsächlich gibt es hoffnungsvolle Ansätze für alternative Einkommen. Zum Beispiel einen gut kontrollierten, sanften und umweltverträglichen Ökotourismus, der den Wilderern alternative Jobs bietet. Ein Element von Charlies russischem Projekt war es denn auch, Geld in den Kamchatka Bear Fund zu investieren, aus dem unter anderem Parkinspektoren bezahlt wurden, die im Südzipfel der Halbinsel die Wilderei verhindern sollten.

Kleine Bärenkunde

Verschiedene Theorien erklären auf unterschiedlich plausible Weise den etymologischen Ursprung des Wortes Bär. Die wahrscheinlichste geht davon aus, dass der Wortstamm »Bär« aus einem alten germanischen Wort für »braun« abgeleitet wurde. Man vermutet, dass Bär beziehungsweise Brauner als Platzhalter für den echten Namen des Bären verwendet wurde, aus Angst, man könne das gefährliche Tier anlocken, wenn man es bei seinem wahren Namen nennt.

In allen Kulturen, die mit dem Bär in Berührung kamen, spielte das Tier eine wichtige Rolle. Vor einigen Jahrhunderten lebten die nordamerikanischen Indianer besonders eng mit Bären zusammen. Mensch und Bär standen damals im Konkurrenzkampf um Nahrung. In den Prärieregionen Westkanadas ernährten sich Indianer ebenso wie die Grizzlys von den Büffeln. Auch wenn die Büffel damals noch in gigantischen Herden durch die Prärie zogen und für alle Jäger genug da war, kam es vor, dass die Indianer Bären töteten, deren Streifgebiete sich mit ihren eigenen überlappten.

An einem kulturellen Indianertreffen begegnete ich vor wenigen Jahren einem Bärenschamanen eines Stammes aus Montana. Er trug einen ganzen Schwarzbären an seinem Körper: die Tatzen an den Füßen und Händen, den Schädel auf dem Kopf, das Fell auf dem Rücken und um den Hals die zu Ketten gefügten Krallen und Zähne. Der Bär ist für die Indianer noch heute ein wichtiges Symbol. Ein Hauptgrund für die große Faszination der alten Indianer war die Tatsache, dass die Bären jeden Herbst spurlos verschwanden und im darauf folgenden Frühjahr auf magische Weise wieder auftauchten. Ihre Körper waren unversehrt und als Krönung dieses Wunders kehrten sie mit Jungbären zurück. So entstand die Indianersage vom Bären, der sich in die Welt der Geister und wieder zurück begeben kann, und verschaffte ihm einen speziellen Platz in der spirituellen Anschauung der Ureinwohner Amerikas.

In Europa galt der Bär als König der Tiere. Als Vermittler zwischen den Lebenden und den Toten wurde er gefürchtet und verehrt, wegen seiner Kraft und Würde mystifiziert, aufgrund seiner Fähigkeit, aufrecht zu stehen, als dem Menschen verwandt oder zugetan eingestuft. Germanische und keltische Völker - erhoben den Bären in ihren Bestiarien, ihren moralisierenden mittelalterlichen Tierdichtungen, in eine gottgefährdende Position und lösten so einen tausendjährigen »Krieg« des christlichen Klerus gegen den Bären aus. Das in den Kulturen tief verwurzelte, starke, würdevolle Tier mit dem Nimbus des Unbesiegbaren geriet durch Verleumdung und Dämonisierung zur mörderischen, blutrünstigen Bestie, die konsequent verfolgt und letztlich vielerorts ausgelöscht wurde. Umfassend nachzulesen ist die spannende und traurige Geschichte der Beziehung zwischen Mensch und Bär im Buch »Der Bär – Geschichte eines gestürzten Königs« des französischen Historikers Michel Pastoureau.[2]

Die verwandtschaftliche Zuordnung der Bären bereitete den frühen Naturforschern Mühe. Noch im 19. Jahrhundert hielt

---

[2] Michel Pastoureau: Der Bär – Geschichte eines gestürzten Königs. Wunderkammer Verlag. Frankfurt 2008.

man etwa den Lippenbären für ein bärenartiges Faultier.[3] In Brehms Tierleben, erschienen 1864 bis 1869, ist zu lesen:»Ein einziger Blick auf das Gebiss des Bären lehrt, dass er Allesfresser und mehr auf pflanzliche Nahrung als auf tierische Nahrung angewiesen ist. Am besten lässt er sich mit dem Schwein vergleichen: wie diesem ist ihm alles Genießbare recht.« Und Conrad Gessner hatte in seinem »Allgemeinen Thierbuch« schon 1565 geschrieben:»er hat ein schwach haupt / vorab vorwärds auf dem schädel / einen langen trüssel schier wie ein schwein / nagzähn und ein gebiss wie ein hund / ein kurzen hals / stumpfe ohren / blöde augen / gar kräftig stark ist er in vordern und hindern schenkeln ...«

Seltsamerweise kursiert im nordamerikanischen Volksmund heute noch der Irrglaube, Bären seien mit den Schweinen verwandt. Das runde Hinterteil und die entfernt schweineartige Nase des Bären mögen zu dieser Einschätzung geführt haben. Natürlich ist das unsinnig. Um dies festzustellen, reicht schon ein Blick auf seine Füße: Bären haben im Gegensatz zu den Schweinen keine Hufe, sie bilden eine kleine Familie innerhalb der Hundeartigen, die wiederum der Ordnung der Raubtiere (Carnivora) untergeordnet werden. Schweine hingegen zählen zur Ordnung der Paarhufer (Artiodactyla).

Das älteste Bärenfossil ist etwa vierzig Millionen Jahre alt: Der Ursavus elemensis erreichte die Größe eines mittleren Hundes und wies schon etliche typische Merkmale heutiger Arten auf. Vor rund 11 000 Jahren starb die größte bisher entdeckte Bärenart aus. Der Kurznasenbär, *Arctodus simus*, erreichte bei einem

---

[3] Vgl. Annelore Rieke-Müller und Lothar Dittrich: Unterwegs mit wilden Tieren – Wandermenagerien zwischen Belehrung und Kommerz. Basilisken-Presse 1999.

Gewicht von bis zu einer Tonne eine Schulterhöhe von einem Meter achtzig und maß aufgerichtet dreieinhalb Meter. Er war ein direkter Vorfahre unseres modernen Brillenbären. Ähnlich groß, aber noch schwerer wurde der europäische Höhlenbär, *Ursus spelaeus*, ein reiner Vegetarier, der vor rund 13 000 Jahren ausstarb und ebenfalls über eine Tonne schwer werden konnte. Die heute lebenden Großbären bilden die kleine Familie Ursidae. Sie umfasst lediglich fünf Gattungen, aus welchen momentan acht Arten hervorgehen.[4] Die Hälfte der acht modernen Bären-Arten wird in der Gattung »Echte Bären« (*Ursus*) zusammengefasst: der Amerikanische Schwarzbär, der Braunbär, der Eisbär und der Asiatische Schwarzbär. Daneben gibt es noch den Malaienbären, den Lippenbären, den Brillenbären und den Großen Panda. Jede dieser vier letztgenannten Arten ist die einzige in ihrer Gattung verbliebene.

Wenngleich ich auf meinen Reisen auch die meisten anderen Vertreter der Großbären kennen lernen durfte, so galt mein Hauptinteresse stets dem Braunbären, der den wissenschaftlichen Namen *Ursus arctos* und zahlreiche Trivialnamen trägt: Grizzly, Küstenbraunbär, Kodiakbär, Europäischer Braunbär. Der *Ursus arctos* beansprucht von Nordamerika über Eurasien ein riesiges Verbreitungsgebiet. Aufgrund lebensraumbedingter Unterschiede wie Klima und Nahrungsangebot können Größe,

---

[4] Die wissenschaftliche Systematik ist per Definition unscharf und dynamisch, sie bildet den jeweils bekannten Wissensstand ab. Vermeintliche Verwandtschaften können durch neue Daten über Nacht auf den Kopf gestellt und durch vermeintlich korrektere Darstellungen ersetzt werden. Bis heute ist die Wissenschaft hinsichtlich des Kleinen Pandas zu keinem eindeutigen Resultat gelangt. Ursprünglich wurde er den Großbären zugerechnet, durch molekulargenetische Untersuchungen wurde er später aber den Kleinbären beigeordnet, und ganz moderne, phylogenetisch interpretierte DNA-Analysen lassen den bedrohten kleinen Kerl nun zu den Marderartigen zählen.

Gewicht und Aussehen von Braunbären stark voneinander abweichen.

Zur Beschreibung dieser geografischen Ausprägungen definiert die Wissenschaft über ein Dutzend verschiedene Unterarten, die jedoch auch unter Biologen teilweise umstritten sind. Der Kodiakbär (*Ursus arctos middendorffi*) etwa lebt an der Südküste Alaskas und bringt zusammen mit den Kamtschatka-Bären unter allen Braunbären die wahren Riesen mit weit mehr als einer halben Tonne Gewicht hervor. Der Grizzlybär (*Ursus arctos horribilis*) bewohnt Nordamerika und bleibt etwas kleiner, und der in Europa beheimatete Vertreter wird mit *Ursus arctos arctos* bezeichnet. Keiner wissenschaftlichen Einteilung entspricht der Küstenbraunbär: Er ist einfach ein Grizzly, der in Gewässernähe lebt und Zugriff auf Lachs hat.

Der Eisbär nimmt eine Sonderstellung unter den Großbären ein: Er ist vor ungefähr 150 000 Jahren aus dem Braunbären hervorgegangen, als Braunbärenpopulationen auf dem Alexanderarchipel – einer Inselgruppe vor der kanadischen Pazifikküste – von artgleichen Populationen abgeschnitten wurden. Isolation und extreme Lebensraumbedingungen sind beste Voraussetzungen für die Entstehung neuer Arten, und so passten sich diese Braunbären anatomisch sowie im Verhalten den arktischen Bedingungen an. Diese Veränderungen sind äußerlich so markant, dass die Wissenschaft den Eisbären vorübergehend sogar der eigenen Gattung Thalarctos zuordnete. Moderne DNA-Analysen zeigen aber, dass einige Braunbärpopulationen näher verwandt sind mit Eisbären als mit anderen Braunbären, weshalb einige Stimmen die Neueinordnung des Eisbären als Unterart des Braunbären verlangen. Wie nahe sich die beiden Arten genetisch tatsächlich immer noch stehen, zeigt die DNA-Analyse eines im Jahr 2006 von einem Jäger auf Banks Island in Kanada geschossenen Eisbären mit hellbraunem Fell: Es handelte sich um eine »neue« Bärenart, nämlich den »Grolar Bear«. Der Name ist eine Verballhornung von »Grizzly« und »Polar Bear«, und tatsächlich war das erlegte Tier ein Mischling zwischen Eis- und Braunbär.

Eine solche spontane Hybridisierung zweier Arten in freier Natur ist außergewöhnlich, ganz besonders in diesem speziellen Fall, denn Eisbären und Grizzlys begegnen sich so gut wie nie, außerdem pflanzen sich die einen auf dem Eis fort, die anderen aber auf dem Festland.

Ich möchte den Bären gerne als Metapher für alles Wilde und als Indikator für eine gesunde, intakte Natur verstanden wissen. Diese Überlegung steht vor einem wissenschaftlich untermauerten Hintergrund: Der Bär ist eine Schlüsselart, deren Vorhandensein Rückschlüsse auf die Qualität und vor allem die Gesundheit eines Ökosystems erlaubt. Gleichzeitig ist er ein Sympathieträger. Der Mensch ist eher geneigt, solche für ihn subjektiv attraktive Arten zu schützen als etwa eine unscheinbare oder gar äußerlich unattraktive Art wie den Regenwurm, auch wenn dieser für die Ökosysteme ebenso wichtig ist. Ganz ehrlich, hätten Sie dieses Buch gekauft, wenn auf seinem Titelbild eine Spinne, ein Insekt oder eine Schnecke abgebildet gewesen wäre?

Den Bären zu schützen, heißt, seinen Lebensraum zu erhalten. Gelingt das so gut, dass eine Bärenpopulation stabil bleibt, dann schützt man damit gleichzeitig Hunderte andere Arten. Eine in den Rockies durchgeführte wissenschaftliche Studie listet rund vierhundert Tier- und Pflanzenarten auf, die an der Erhaltung des Bärenlebensraums partizipieren. Sie leben sozusagen unter dem Schutzschirm des Bären, sie profitieren von seiner Beliebtheit bei den Menschen. Die Artenvielfalt der Rockies ist aufgrund ihrer Kargheit vergleichsweise gering und die Anzahl der so geschützten Arten in einem reichhaltigeren Ökosystem daher zwangsläufig bedeutend höher.

Bis ich mich einem Bären angstfrei nähern konnte, brauchte es einige Zeit. Ein erstes prägendes Erlebnis hatte ich an der Westküste British Columbias. Ich recherchierte gemeinsam mit einem Autor für einen Artikel im »Canadian Wildlife«-Magazin über die weißen Kermodebären. Der Schwarzbär mit dieser schneeweißen Farbmorphe ist kein Albino, er sieht dem Eisbären recht ähnlich und kommt nur in Nordamerika vor. Das Hauptverbreitungsgebiet liegt auf der Princess Royal Island an der Westküste British Columbias. Ungefähr jeder zehnte Schwarzbär dort ist weiß. Man schätzt den Bestand an »Kermodes« auf etwa vierhundert Exemplare. In der indianischen Mythologie wird er »Spirit Bear« genannt und hat eine besondere Bedeutung. Die Legenden erklären seine weiße Färbung damit, dass der Schöpfer die Menschen an die Eiszeit und ihre Auswirkungen erinnern wollte.

Fünf Wochen paddelten wir die Inseln ab und suchten die seltenen Tiere. Immerhin hatten wir schon vier weiße Exemplare gesichtet. Als ich eines Morgens etwas abseits unseres Camps am Strand saß, sah ich mehrere Hundert Meter entfernt einen Schwarzbären, der dem Ufer entlangging und auf mich zukam. »Da muss ich weg!«, dachte mein Kopf, und ich begann, mich langsam zurückzuziehen. Dann hielt ich inne. Der Bär wirkte friedlich, nichts Bedrohliches ging von ihm aus. Ist das Vorhandensein von Gefahrenpotenzial gleichzusetzen mit Gefahr? Blitze können töten, trotzdem fürchte ich Gewitter nicht. Weil ich Vorsichtsmaßnahmen zu ergreifen weiß. Zögernd setzte ich mich wieder auf den Boden. Zum ersten Mal begegnete ich einem Bären neutral und zog seine mögliche Toleranz mir gegen-

Auf unseren Wanderungen lerne ich unsere Bärenkinder besser
kennen. Sheena und Gina bilden die eine Geschwistergruppe,
Buck, Wilder und Sky die andere. (Foto: Charlie Russell)

Charlies Hütte ist etwa fünf auf zehn Meter groß und mit roh gezimmerten Holzmöbeln ausgestattet. Immer wenn ich das dumpfe Rumpeln des Kambalnoy-Vulkans vernehme, weiß ich, dass die Erde atmet.

Jeweils zur Mittagszeit macht unser Trupp Rast.
(Foto: Charlie Russell)

Das Wasser im Kambalnoy-See ist klar und unverdorben.
(Foto: Charlie Russell)

Sky und ich scheinen eine besondere Verbindung zu haben.
(Foto: Charlie Russell)

Dieses Foto sorgte für eine wichtige Wende in meinem Leben.
Mehr dazu auf Seite 82. (Foto: Charlie Russell)

Charlie Russell, hier mit Sky, ist eine Koryphäe unter den Bärenspezialisten dieser Welt. Er ist ein großes Vorbild, seine Bücher und Filme waren und sind mir nicht nur Inspiration, sondern auch Bestätigung meiner eigenen Ansichten.

Der Bär kommt näher, er ist erregt, Speichel tropft ihm aus dem Maul. Uns würdigt er keines Blickes, sein Interesse gilt ausschließlich den Jungbären.

Das Einzige, was von Wilder übrig geblieben ist, sind die unteren Kieferknochen, einige der Krallen und etwas Pelz.

Es ist ein so unerwartetes wie erheiterndes Erlebnis: Gerade habe
ich miterlebt, wie Buck das Schlitteln entdeckt. Einer nach dem
anderen machen es ihm alle Jungbären nach: Hintern in den Schnee
und ungebremst den Berg hinunter.

Sky. Entgegen verbreiteter Meinung sind Braunbären nicht ausschließlich Jäger, sondern vielmehr Allesfresser. Die meisten Braunbären fressen abgesehen von kleineren Nagetieren und Kadavern sehr wenig Fleisch, ihr Hauptnahrungsanteil ist vegetarischer Natur.

Ein Blick in das Yuzhno-Kamtschatka-Reservat, dessen Direktor Tikhon Shpilenok mir in Petropawlowsk versichert, dass Putin ihm versprochen habe, etwas für den Schutz der Bären auf Kamtschatka zu unternehmen, insbesondere in Bezug auf die Wilderei.

Viele Tierarten suchen die Gleise der Canadian Pacific Railway auf, um die zwischen den Schienen liegen gebliebenen Getreidekörner zu verzehren. Auch Bären fressen das Getreide gerne. Immer wieder werden dabei Tiere von Zügen überrollt und getötet.

Der Lachs steht exemplarisch für die Vernetzung allen Lebens in einem intakten System. Er ist das Blut der Küsten-Ökosysteme. Das gilt für Alaska genauso wie für Kamtschatka. Ohne Lachs wäre alles völlig anders.

Im Juni 2011 stand ich am Rande einer Seggenwiese an Alaskas Küste vor Blueface und ihren Jungen. Mit Tränen in den Augen, gerührt darüber, dass ein solches auf Vertrauen basiertes Nebeneinander möglich ist.

Je mehr Menschen in Alaska Bären beobachten wollen, umso schwieriger wird es für die dortige, mächtige Jagdlobby, ihre Jagdreviere zu rechtfertigen. In ganz Nordamerika hat die Zahl der Jäger im letzten Jahrzehnt massiv abgenommen.

Der Störenfried war nun ganz nahe, ein wahrer Schrank von einem Bären. Er setzte sich ins Gras. Beim Anblick seines breiten, zotteligen Körpers ging mir unwillkürlich das Bild eines Silberrückens durch den Kopf, und ich gab ihm den Namen Gorilla.

Wenn eine Bärin bereits Junge hat, lässt sie sich normalerweise nicht decken. Je nach Region widmet sie sich ein bis vier Jahre lang ausschließlich ihrem Nachwuchs. Die Tragzeit beträgt rund vier bis fünf Monate.

Eines der drei anderthalbjährigen Jungen von Blueface. Es scheint ihr Lieblingskind zu sein. Und tut das, was Bären oft tun, bevor sie gähnen: Es streckt die Zunge raus.

Meine Tochter Isha hat auf ihren Reisen mit mir viel gelernt und spricht drei Sprachen fließend: Französisch, Englisch und Schweizerdeutsch.

Erlegt ein Wilderer einen oder zwei Bären pro Jahr, verdient er mit ihren Gallenblasen, Krallen und Zähnen auf dem Schwarzmarkt viel Geld.

So viel Geld, dass er auch eine größere Familie ein Jahr lang unterhalten kann. Wer könnte dem Mann seinen Frevel unter diesen Voraussetzungen übel nehmen…

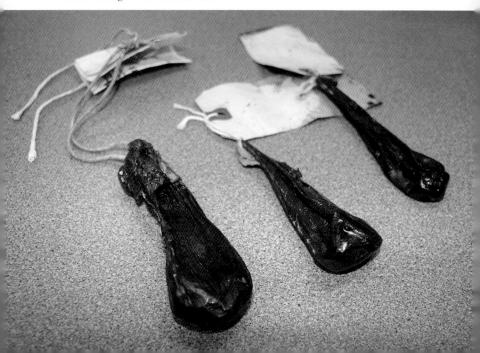

Es geht mir nicht allein um den Bären, sondern um ein ganzheitliches Umdenken, um einen respektvolleren Umgang von uns Menschen mit der Erde und ihren Geschöpfen.

über bewusst in Betracht. Langsam kam das große Tier auf Hörweite heran. Ich wies es auf mich hin, indem ich mit ihm zu reden begann. Der Bär blieb stehen, blickte sich um, streckte seine Nase in die Luft, schnupperte – und umging mich in einem großen Bogen, bis er fünfzig Meter weiter unten wieder ans Flussufer zurückkehrte.

Ich war perplex. Fünf Jahre lebte ich nun schon in Kanada und hatte mehr als einen Sommer in Alaska verbracht, aber dass aus einer potenziell gefährlichen Begegnung mit einem Bären dermaßen mühelos eine vollkommen problemlose werden könnte, hatte ich nie erwogen. Kommt mir auf dem Trottoir der Bahnhofstraße in Zürich ein anderer Passant entgegen, dann mache ich einen Schritt zur Seite, damit wir ohne Kollision aneinander vorbeikommen. Ich respektiere damit den Platz, den der andere beansprucht. Genauso war es mit dem Bären gewesen: Ich hatte mich frühzeitig bemerkbar gemacht, sodass er nicht überrascht wurde, und er war ungestresst und an mir völlig uninteressiert ausgewichen.

Angst ist nicht hilfreich, nicht im Umgang mit Menschen und nicht im Umgang mit anderen Tieren, Achtung vor dem Wesen und den Bedürfnissen des anderen hingegen sehr. Noch heute habe ich im Bärenland großen Respekt vor dem Gefahrenpotenzial der Wildnis. Gesunder Respekt erhält einen am Leben, denn er hält die Sinne geschärft.

Diese Erfahrung war die Geburtsstunde meines alternativen Zugangs zur Natur und öffnete mir neue Türen. Ich konnte mitten unter Bären sitzen, wenn ich mich korrekt verhielt, und sie aus nächster Nähe beobachten und studieren. Fast alle Bären, denen ich begegnete, erwiderten meinen Respekt mit Toleranz, und manchmal schien diese gar in Vertrauen überzugehen, wie die folgende Geschichte zeigen soll.

Es war Herbst. Zusammen mit meiner heutigen Lebenspartnerin Andrea führte ich zwei Personen auf einer Bärentour im Assiniboine Provincial Park in Kanada. Wir hatten noch keinen Bären gesehen, als wir endlich auf eine Spur im Schnee stießen. Wir folgten ihr, bis sie aus einem dichten Waldstück hinaus zu einer kleinen, frei stehenden Baumgruppe führte. Die Sache schien mir eindeutig, und ich erklärte meinen Begleitern:»Vorsicht, ich glaube, der Bär sucht einen Schlafplatz.«

Kaum hatte ich ausgeredet, erhob sich wenige Schritte von uns entfernt eine Bärin aus dem Unterholz. Sie stieß das charakteristische»Wuff, wuff, wuff« aus und rannte davon. Ich redete mit ruhiger Stimme auf sie ein:»Es ist okay, Bär, es ist okay. Wir tun dir nichts, alles ist okay.« Das Tier blieb stehen, drehte sich zu mir um und blickte mich an. Ich entfernte mich behutsam rückwärtsgehend von ihr, meine drei Begleiter taten es mir gleich. Zuerst schien es, als ob uns die Bärin folgen wollte, doch sie steuerte bloß ihren Schlafplatz an und legte sich vor unseren Augen in ihr Bett.

Es war ein zauberhafter Moment: die Stille des Spätherbsts, dessen erster Schnee alle Geräusche dämpft, über uns der strahlend blaue Himmel, die Sonne verlieh den Lärchen goldenen Glanz, und vor uns mitten im Schnee eine braune Insel – die Bärin Lily. Sie zu beobachten, zuzuschauen, wie ihr Atem ihren Körper sanft bewegte, im Einklang mit allem, was sie umgab, das war wie Meditation. So saßen wir eine Stunde lang da, betrachteten die schlafende Bärin und schwiegen. Und dann spürte ich ihn. Den Herzschlag. Nicht meinen und auch nicht den der Bärin, sondern denjenigen von Mutter Erde.

Nach einer Stunde setzte Lily sich auf und blickte uns schlaftrunken an. Sie schüttelte ihr zottiges Fell und befreite uns damit auch aus unserer eigenen Trance. Sie trottete los, noch schwer vom Schlaf. Nach kaum fünfzig Schritten hielt sie bereits wieder inne, steckte kurz ihre Nase in den feuchten Boden und begann dann, nach einem Erdhörnchen zu graben. Dieser Beschäftigung ging Lily während des Rests des Tages auf ihrem kilometerlangen Streifzug durch die Wiesen nach. Immer wieder verharrte sie, um hier ein Erdhörnchen und dort eine Wurzel auszugraben und zu verspeisen. Eine besondere Vorliebe zeigte sie für die Blüten der Gletscherlilie, weshalb wir sie auch Lily nannten. Wir hielten stets einem respektvollen Abstand zu ihr. Ihr Verhalten zeigte eindeutig, dass unsere Anwesenheit sie in keiner Weise störte oder ihre Futtersuche beeinträchtigte. Sie akzeptierte uns wie selbstverständlich als Begleiter auf Zeit.

Ein Jahr später, wieder war es Herbst, begegnete ich Lily wieder: Diesmal war sie mit drei Jungen unterwegs. Sie wichen kaum von ihrer Seite und schon gar nicht aus ihrem Blickfeld, zottelten wie eine kleine Schulklasse auf der Schulreise mal links, mal rechts, vor oder hinter ihrer Mutter her, tollten herum, griffen einander spielerisch an, stoben wieder auseinander, nur um sogleich wieder zur Mutter zurückzurennen. Als die Bärin hörte, dass ich ihr in einiger Entfernung folgte, stellte sie sich kurz auf die Hinterpfoten und hielt ihre Nase prüfend in den Wind. Sie entdeckte mich, fixierte mich kurz und ging dann weiter. Entgegen allen Erwartungen ließ die Bärin zu, dass unsere Radien sich überlappten. Manchmal waren die Jungbären furchtlos näher bei mir als bei ihrer Mutter, offenbar hatte sie dem Verhalten ihrer Mutter entnommen, dass von mir keine Gefahr ausging.

Meistens leben erwachsene Braunbären als Einzelgänger. Die Weibchen gehen zwar mit ihren Jungen eine mehrjährige Beziehung ein, erwachsenen Artgenossen begegnen sie aber in der Regel gleichgültig oder gehen ihnen aus dem Weg. In dichten Bärenpopulationen kommt es aber gelegentlich zu Rangeleien und sehr selten zu Kämpfen, welche die Rangordnung eindeutig bestimmen. Dem dominantesten Tier gebühren die besten Fanggründe, und eine niedrigere Position in der Bärenhierarchie geht einher mit einer minderen Qualität des Futterplatzes. Nur zur Paarung lassen sich Bärinnen kurz und heftig auf Männchen ein, mitunter auch gehörig promiskuitiv. Ich habe aber auch schon wählerische Weibchen beobachtet, die sich eindeutig für ein bestimmtes Männchen entschieden und dafür auch mal ein größeres abblitzen ließen. Sowohl in Alaska als auch in Kanada und Russland konnte ich schon Bären bei der Kopulation beobachten. Besonders turbulent geht es zu, wenn zwei dominante Männchen um die Gunst eines Weibchens kämpfen.

An einem heißen Junitag in Alaska konnte ich einen solchen Kampf beobachten. Ich kauerte im Gras und beobachtete, wie sich ein Bärenmännchen zaghaft einer Bärin näherte. Sie ließ ihn herankommen, und die beiden beschnupperten sich gegenseitig. Dann wandte sie sich von ihm ab, sie war noch nicht bereit. Er nahm es scheinbar gelassen hin, doch plötzlich richteten sich die zwei auf ihre Hinterbeine auf und starrten aufmerksam in die gleiche Richtung. Mein Blick folgte dem ihren, und ich entdeckte einen riesigen Bärenmann, der sich langsam, aber bestimmt näherte. Als wollte sie sich bewusst heraushalten, zog sich die Bärin zurück. Der Störenfried war nun ganz nahe, ein wahrer Schrank von einem Bären. Der kleinere, aber ebenfalls recht stattliche Erstankömmling, seinerseits offenbar ein dominantes Tier, ließ sich nicht einschüchtern. Das war sein Weibchen! Doch der Schrank marschierte strotzend vor Selbstbewusstsein geradewegs auf den kleineren Rivalen zu, der nun angesichts des Fett- und Muskelberges doch Respekt bekam, der Konfrontation auswich und sich unterwürfig und gesenkten Hauptes davonmachte. Dieses Weibchen musste er abschreiben.

Der Sieger setzte sich ins Gras. Beim Anblick seines breiten, zotteligen Körpers ging mir unwillkürlich das Bild eines Silberrückens durch den Kopf, und ich gab ihm den Namen Gorilla. Er gönnte sich eine kurze Rast, bevor er sich auf den Hinterbeinen aufrichtete und seine Nase in den Wind hielt, dann ließ er sich wieder auf alle viere nieder, beschnupperte den Boden und nahm die Witterung der Bärin auf. Sie, als hätte sie nichts vom Buhlen der zwei Kolosse mitbekommen, spazierte unbekümmert etwa hundert Meter entfernt die Küste entlang und riss gelegentlich ein Büschel Gras aus.

Langsam, schwerfällig näherte sich Gorilla ihr. Sie duldete, dass er zu ihr trat und sie beschnupperte, doch nur für kurze Zeit, dann zeigte sie auch ihm ihre kalte Bärenschulter und signalisierte damit ihre Nichtbereitschaft. Der Riese heftete sich an ihre Fersen. Er ließ sie nicht aus den Augen, fraß keinen Bissen, sein ganzes Handeln war vollständig auf sie fokussiert. Egal, ob sie einen Schritt nach links oder rechts machte, Gorilla tat es ihr gleich. Stumm fixierte er sie mit seinen dunklen Knopfaugen, verzichtete weiterhin auf jegliche Nahrung.

Wenn eine Bärin einem potenziellen Geschlechtspartner nicht signalisiert, dass sie grundsätzlich bereit ist für eine Paarung, dann versucht er es meistens erst gar nicht. Nur selten geschieht es, dass eine Bärin von einem Männchen so eingeschüchtert wird, dass sie die Paarung schicksalsergeben über sich ergehen lässt. Meistens entscheidet sie, und es kommt durchaus vor, dass sie einen aufdringlichen Freier erbost attackiert, ihn gar ernsthaft verletzt, bevor sie ihn in die Flucht schlägt. Manche Männchen verlieren nach einer Weile das Interesse an einem Weibchen, das nicht bereit ist, und ziehen weiter zum nächsten, um dort von neuem ihr Glück zu versuchen.

Gorilla aber bewies eine Ausdauer, wie ich es sonst noch nie beobachtet habe. Der zähe Kerl ließ die Bärin den ganzen Nachmittag über und auch am Abend nicht aus den Augen, etwa sechs Stunden lang bewegte er sich in einem festen Radius um sie herum. Die Bärin ignorierte ihn, seelenruhig ließ sie sich ihr Gras schmecken. Mit der Nichtbeachtung des Bewerbers lotete die Bärin die Ernsthaftigkeit seiner Absichten aus, und Gorilla war kein Weichbär: Er gab nicht auf. Letztlich hatte er die Bärin auf eine Landzunge hinausgetrieben, die auf drei Seiten von Wasser umgeben war. Bestimmt zehn Minuten standen sie sich gegenüber, starrten sich an. Keiner wagte eine Bewegung.

Plötzlich rannte die Bärin los, versuchte, den hartnäckigen Verehrer durchs kniehohe Wasser zu umgehen. Ein aussichtsloses Unterfangen, sofort drängte er sie aufs Land zurück, und ein langes Taktieren begann. Jeder der beiden versuchte, den anderen auszutricksen. Die Sonne näherte sich bereits dem Horizont, stand kurz davor, ihn zu berühren, da endlich ließ sie es zu, dass er sie bestieg. Die Paarung ging fast lautlos vonstatten, nur ein gelegentlicher Grunzer drang durch die Dämmerung zu mir hin, während die beiden mächtigen Tiere beinahe eine Stunde lang miteinander beschäftigt waren.

Bedenkt man die Größe eines ausgewachsenen Bären, sind sie bei ihrer Geburt ziemlich klein. Nur etwa dreißig Zentimeter misst ein neugeborenes Bärenkind, bei einem Gewicht von etwa einem halben Kilo. Zudem sind sie blind, unbehaart, nacktrosa. Die Paarungszeit der Braunbären findet im Juni statt, doch die befruchteten Eier nisten sich erst im Spätherbst in der Gebärmutter ein, dann nämlich, wenn der Körper weiß, wie viele Fettreserven für den Winter aufgebaut wurden; abhängig davon nisten sich maximal fünf Eier ein. Hat die Mutter nur wenig Fett angesetzt, gibt es vielleicht nur eines oder gar kein Junges. Die Tragzeit beträgt rund vier bis fünf Monate, sodass die Jungen gegen Ende Januar und damit mitten im Winter in der Winterhöhle geboren werden.

Die Reichhaltigkeit des Lebensraums ist somit die treibende Kraft hinter der Fruchtbarkeit einer Bärin. Ihr Geschick und ihre Erfahrung spielen eine untergeordnete Rolle. Auf Kamtschatka etwa oder in Alaska, wo die Bärenpopulationen dicht sind, ist die Wahrscheinlichkeit hoch, dass ein Weibchen von verschiedenen Männchen begattet wird: So kann ein Weibchen mehrere Junge zur Welt bringen, die alle einen anderen Vater haben. Wenn sie bereits Junge hat, lässt sie sich normalerweise nicht decken. Je nach Region widmet sie sich ein bis vier Jahre lang ausschließlich ihrem Nachwuchs. In seltenen Fällen wirft sie ein zweites Mal, noch bevor ihr erster Wurf selbständig geworden ist. Sie kümmert sich dann gleichzeitig um beide Würfe.

Mit ihrer Mutter durchlaufen Jungbären sozusagen eine Berufslehre, in der sie alles Notwendige fürs eigene Überleben erlernen. Für ihr Futter allerdings müssen sie, abgesehen von der Muttermilch, die ihnen ständig zur Verfügung steht, selber sorgen. Normalerweise teilt eine Bärenmutter ihre Beute nicht mit ihren Jungen. Ich habe schon oft beobachtet, wie sich Kleinbären beinah die Seele aus dem Leib geschrien haben, ohne dass ihnen ihre Mutter einen Bissen ihres Lachses überlassen hätte. Das ist kein bösartiger Akt, sondern sehr sinnvoll: Nur auf diese Weise lernen die Jungen, ohne Hilfe einer fürsorglichen Mutter um ihr eigenes Futter zu kämpfen. Gleichzeitig ist es für die Kleinen überlebenswichtig, dass ihre Mutter ausreichend Nahrung hat, sodass ihr Körper stets über Energie und Nährstoffe verfügt, um die sehr fettreiche Muttermilch für ihre Kinder zu produzieren.

Je größer das Nahrungsangebot ist, umso kürzer gestaltet sich die Dauer dieser Lehre. An der Küste von Kamtschatka und Alaska etwa verbringen die Jungbären nur ein- bis zweieinhalb Jahre mit ihrer Mutter, in kargeren Gegenden im Landesinnern wie in den Rocky Mountains kann sich die mütterliche Obhut auf viereinhalb Jahre ausdehnen. Junge Bären werden bis ins zweite Lebensjahr von ihrer fürsorglichen Mutter gesäugt.

Entgegen verbreiteter Meinung sind Braunbären nicht ausschließlich Jäger, sondern vielmehr Allesfresser. Die meisten Braunbären fressen abgesehen von kleineren Nagetieren und Kadavern sogar sehr wenig Fleisch, ihr Hauptnahrungsanteil ist vegetarischer Natur. Auch Insekten werden nicht verschmäht, wenn sie in großer Menge ergattert werden können, Ameisennester etwa heben Bären gerne und oft aus, um vor allem an die eiweißreichen Larven zu gelangen. Logischerweise ist stets ausschlaggebend, was der Lebensraum wann zu bieten hat, und so kann das Fressverhalten von Region zu Region sowie von Jahreszeit zu Jahreszeit stark variieren. Wie erwähnt, haben nicht alle Bären Zugriff auf Lachs und können oder wollen nicht überall auf Pinienkerne zurückgreifen. In den Rockies graben die Grizzlybären mit Vorliebe die Wurzeln des Süßklees aus und zur richtigen Jahreszeit die Knollen von Gletscherlilien. Auf Kamtschatka beobachtete ich schon, wie Bären die Blüten von Feuerlilien verspeisten, und verbrannte mir heftig den Mund, als ich es ihnen nachmachte. Im mediterranen Raum sind Kastanien sehr beliebt bei den Bären, und überall fressen sie Gräser, Blüten, Beeren.

In Nordamerika zählen vor allem Erdhörnchen zu den nichtvegetarischen Leibspeisen der Grizzlys. Die Erdhörnchen verschwinden einige Wochen vor dem Bären in ihren Winterschlafquartieren. Da von zehn Erdhörnchenbauten neun leer sind und weil Erdhörnchen gerade mal halb so groß sind wie Murmeltiere, könnte man meinen, dass die Jagd auf sie keine bärentypisch effiziente Angelegenheit ist. Aber das täuscht: Erstens bestehen die kleinen Nager im Überwinterungszustand zu fünfzig Prozent aus Fett, und zweitens braucht ein Bär nur einmal kurz zu schnuppern, um festzustellen, ob ein gefundener Bau bewohnt ist oder nicht.

Die Ausgrabung selbst ist für den bärenstarken Grizzly ein Kinderspiel und in drei, höchstens vier Minuten erledigt. Ein Charakteristikum des Braunbären ist sein ausgeprägter Schulterbuckel. Er besteht aus großen Muskelpaketen über den Schulterblättern, welche seinen Vorderbeinen immense Kraft verleihen und ihm beim Buddeln nach Erdhörnchen genauso helfen wie beim Graben der Winterhöhle oder etwa dabei, einen Baumstamm mühelos auseinanderzureißen, um an ein Ameisennest in seinem Inneren zu gelangen. Als echte Winterschläfer befinden sich Erdhörnchen in ihrem Winterquartier sozusagen in Vollnarkose. Der Bär könnte mit dem ausgegrabenen Tier jonglieren, es würde nicht aufwachen. Darum spürt es auch nichts, wenn der Räuber es mit seinen beiden Pranken festhält und ihm mit einem Biss den Kopf abtrennt. Genauso wenig wie die Bärenmütter ihren Jungen etwas vom erbeuteten Lachs abgeben, fällt auch bei der Suche nach Erdhörnchen nichts für die Kleinen ab. Schon unzählige Male habe ich beobachtet, wie die Jungbären sich bettelnd um ihre grabende Mutter scharten und stets das Nachsehen hatten. Wenn die Bärin ein Erdhörnchen verdrückt hatte, zottelte sie weiter, während ihre Jungen noch etwas verloren am Loch herumstanden und im losen Erdreich herumstocherten, bevor sie ihrer Mutter hinterhereilten. Die jungen Bären werden im Alter von zwei oder drei Jahren lernen, wie sie ihre eigenen Erdhörnchen orten und ausgraben können.

Aber Braunbären sind nicht nur kräftig, sie sind auch äußerst flink und geschickt und deshalb in der Lage, Erdhörnchen auch im Sommer zu erbeuten; aus Effizienzgründen tun sie das nicht oft und wenn doch, wohl eher im Sinne eines Spiels oder Geschicklichkeitstrainings. Einmal, mitten im Sommer, beobachtete ich die bereits erwähnte Bärin Lily bei einem Erdhörnchenbau mit zwei Eingängen. Sie hatte den Kopf seitlich auf den Boden gelegt und lauschte offensichtlich mit einem Ohr, was sich darunter abspielte. Eine Zeit lang stand sie reglos da, bis sie sich unvermittelt aufrichtete und begann, mit beiden Vordertatzen auf das Eingangsloch zu schlagen. Ich bemerkte, dass sie dabei stets den ungefähr zwei Meter entfernt liegenden zweiten Eingang des Baus im Auge behielt. Und tatsächlich kam nach einer Weile genau dort ein flüchtendes Erdhörnchen aus dem Bau geschossen. Es schaffte drei Meter, dann hatte die Bärin es eingeholt und gepackt. Trotz ihrer gewaltigen Masse und ihrer scheinbaren Behäbigkeit sind Bären unheimlich schnell. Über kurze Strecken können sie fünfzig Stundenkilometer erreichen, also ungefähr das Tempo eines Rennpferds.

Braunbären machen keinen Winterschlaf wie die Erdhörnchen, sondern eine Winterruhe. Tiere im Winterschlaf verfallen in einen starreähnlichen Zustand. Die Körperfunktionen werden heruntergefahren, Temperatur und Blutdruck sinken massiv, die Herzfrequenz kann auf einen einzigen Schlag pro Minute reduziert werden. Ein Murmeltier oder Erdhörnchen im Winterschlaf kann man ausgraben, ohne dass es aufwacht. Das Bärenherz dagegen kommt in Winterruhe auf immerhin noch etwa acht bis zehn Schläge pro Minute, und auch seine Körpertemperatur fällt in der Winterhöhle nur um wenige Grade. Bären befinden sich dann also nur im Halbschlaf, vergleichbar vielleicht mit einem leichten Trancezustand. Sie wachen leicht auf, wenn sie in ihrer Höhle gestört werden, anschließend schlafen sie einfach wieder ein. Natürlich hat die unterschiedliche Ausprägung der Überwinterung Konsequenzen: Der Energieverbrauch bleibt beim Braunbären ziemlich hoch, weshalb er während des Winters fast dreißig Prozent seines Körpergewichts verliert. Die extremste Schläferin unter den Bären ist eine Eisbärin mit Jungen. Sie liegt bis zu acht Monate pro Jahr in ihrer Höhle. Noch bemerkenswerter wird diese Leistung vor dem Hintergrund, dass sie während dieser langen Zeit in der Höhle auch noch ihre Jungen säugt.

Im Frühjahr erwachen zuerst die großen, männlichen Bären. Sie waren auch die Letzten, die sich im Spätherbst in ihre Winterhöhle zurückgezogen hatten. Da sie sich für die Winterruhe entsprechend ihrer Masse am meisten Fett anfressen müssen, verkürzen sie diese so weit wie möglich. Als Erste in den Winterschlaf gehen Weibchen mit Jungbären, sie kommen im Frühling auch als Letzte wieder zum Vorschein.

Die Loslösung der Bärenkinder von der Mutter geht normalerweise in der Zeit zwischen Frühjahr und Sommer leise und ohne viel Aufhebens vonstatten, doch habe ich einmal einer herzzerreißenden Szene beigewohnt: Ich saß an einer Flussmündung in Alaska und schaute einem erwachsenen Bärenweibchen beim Lachsfischen zu, als ich plötzlich die Schreie eines Jungbären vernahm. Ich drehte den Kopf in die Richtung, aus der die Schreie kamen, suchte die Landschaft mit meinem Blick ab und sah einen kleinen, wohl anderthalbjährigen Bären vorsichtig die Deckung eines Gebüsches verlassen und in die Wiese hinaustreten. Unweit von ihm schritt eine Bärin dem Flusslauf entlang, die Augen starr aufs Wasser gerichtet, das Junge keines Blickes würdigend. Der Kleine näherte sich dem Fluss und folgte seiner Mutter in kurzem Abstand. Jäh schnellte sie herum und rannte auf ihr Junges zu, eine typische Scheinattacke, wie sie normalerweise unternommen wird, um Feinde zu vertreiben. Erschrocken machte der Kleine ein paar Sätze zurück, maunzte jämmerlich und wartete in sicherem Abstand das weitere Verhalten seiner Mutter ab. Sie wandte ihren Kopf ab und ging weiter ihres Weges.

Der kleine Bär wartete, und als die Mutter genügend weit entfernt war, schlich er ihr erneut nach. Ich heftete mich an die Fersen der beiden. Nach einer Weile begann der Jungbär im Gehen aufs Neue nach seiner Mutter zu schreien, erst zaghaft, dann mit zunehmend kräftiger Stimme. Sie hielt an, sprang wieder auf ihn zu, worauf er sofort davonrannte. Kaum hatte sich die Mutter ein weiteres Mal von ihm abgewendet, ging er ihr wieder nach und begann erneut zu wehklagen. Nun hatte die Mutter genug: Sie spurtete auf den verschreckten Kleinen zu, trieb ihn vor sich her zu einer Baumgruppe, und ihr Junges erklomm den erstbesten Baumstamm, wo es in zehn Metern Höhe im Geäst verschwand. Doch kaum hatte die Bärin sich wieder abgewendet und sich auf den Weg zurück zum Fluss gemacht, stieg der Kleine von seinem Hochstand herunter und schrie.

Ich wohnte der Trennung eines Jungen von seiner Mutter bei, die alles andere als freiwillig erfolgte. Die Jahreszeit stimmte zwar für die Ablösung, dieser Bär schien aber noch zu jung dafür zu sein – im Normalfall bleiben die Jungbären unter der Obhut ihrer Mutter, bis sie mindestens zwei oder sogar bis zu vier Jahre alt sind –, und ganz offensichtlich wollte er sich nicht damit abfinden. Fast zwei Stunden lang verfolgte ich das bedrückende Schauspiel, bis der kleine Bär nicht mehr aus dem Wald trat, verstummt war und endgültig zurückblieb. Seine Mutter zog davon. Das Verhalten der Bärin war nachvollziehbar, die Lachse ließen in diesem Jahr auf sich warten, und sie – selber ziemlich jung, unerfahren und mager – hatte vermutlich diesen Weg gewählt, um das eigene Überleben zu sichern.

Vom Fressen und Gefressenwerden

Kamtschatka, 2004. Eines Abends sind wir nach einer Tageswanderung mit unseren Schützlingen auf dem Heimweg. Nach einer Rast wollen die fünf Bären nicht mehr weiter. Der sonst so probate Lockruf »Fisch! Fisch!« entlockt Sheena heute nur ein herzhaftes Gähnen, während die übrigen sich unter einer Erle ein Nachtlager scharren. Charlie und ich begreifen rasch, dass die Jungbären sich in diesem Moment dazu entschieden haben, auf ihrer Freiheit zu bestehen. Obschon der Zeitpunkt deutlich zu früh ist – junge Braunbären werden von ihren leiblichen Müttern wie gesagt meist zwei bis vier Jahre lang begleitet, und unsere Adoptivkinder sind noch nicht einmal ein Jahr alt –, scheinen sie instinktiv zu begreifen, dass ihre Familienkonstellation außergewöhnlich ist, und passen ihr Verhalten an. So ziehen ihre menschlichen Ersatzmütter widerstrebend zum ersten Mal in diesem Sommer alleine nach Hause. Wir liegen die ganze Nacht wach und schrecken bei jedem Geräusch auf.

Von diesem Tag an gehen die Bären ihre eigenen Wege. Anfangs lassen sie sich noch täglich bei der Hütte blicken, holen sich ihr Zusatzfutter und unternehmen Wanderungen mit ihren Menschenvätern. Aber sie entscheiden fortan selber, wann sie dies tun. Schließlich verzichten sie zu unserem Erstaunen oft auf das »leichte« von Menschenhand zubereitete Futter. Ihre Besuche werden immer seltener, und manchmal sehen wir unsere Schützlinge mehrere Tage lang nicht.

Auf einer gemeinsamen Wanderung begegnen wir dem großen Bärenmännchen wieder, das sich schon während des Sommers für unsere Jungen interessiert, aber jeweils entschieden hat, dass diese Jungbären zu gut geschützt waren. Diesmal jedoch, angesichts des nahenden Winters und der noch fehlenden Fettreserven, verändert sich etwas an seinem Verhalten. Als wir in etwa dreißig Meter Entfernung in Einerkolonne dem Seeufer folgend an ihm vorbeiziehen, schaut er vom Grasen auf und setzt sich mit dem Hinterteil auf den Boden. Sein Blick wandert von Charlie und mir weiter zu den Jungbären. Er hört auf zu kauen, und ich merke, dass er einen Entschluss fasst. Er weicht nicht aus, sondern beginnt uns in sicherem Abstand zu folgen.

Wir beschließen, die Wanderung abzubrechen und die Jungen zurück zum Elektrozaun zu führen. Dank einiger Büsche geraten wir schnell außer Sicht des Alten. Ich bleibe etwas zurück und luge vorsichtig hinter einem Busch hervor und sehe, wie er – sich in Deckung der Vegetation wähnend – in einen Halbgalopp verfällt und den Abstand zu uns rasch verkürzt. Er ist uns bedrohlich nahe gekommen, sodass ich, ohne lange zu überlegen, eine Scheinattacke starte und mit den Armen fuchtelnd und brüllend auf ihn zurenne. Ich will mit diesem waghalsig klingenden Verhalten Dominanz demonstrieren, und mein Plan geht auf: Der riesige Bär dreht sich augenblicklich um und ergreift die Flucht. Tatsächlich ist meine Aktion nicht besonders gefährlich gewesen. Ich kenne den Alten, er hat uns Menschen gegenüber nie Anzeichen von Aggression gezeigt, bloß Interesse an den Jungbären. Schließlich schaffen wir es hinter den Schutz des Elektrozauns.

Rund zwei Wochen später, es ist jetzt Mitte September, bleiben die Jungen länger weg als je zuvor. Bereits vier Tage suchen wir im anhaltenden, zähen Herbstnebel vergeblich nach ihnen.

Mitten in der Nacht kommen polternd und ängstlich wuffend Sheena und Gina nach Hause. Sie stehen unter Stress, wurden offenbar von ihren Geschwistern getrennt. Wir glauben, dass sie dem gefährlichen Alten begegnet sind. Wir führen die beiden Tiere hinter den sicheren Elektrozaun.

Am nächsten Tag gehen Charlie und ich die fehlenden Jungen suchen. Da wir im dicken Nebel kaum etwas sehen, verlegen wir uns aufs Rufen und hoffen, dass sie unsere Stimmen erkennen. Doch der Nebel dämpft alle Geräusche, sodass wir nach langer Suche ohne die Vermissten heimkehren. In der folgenden Nacht löst sich der Nebel auf, und am Morgen leuchtet der Himmel blau. Ich klettere auf das Dach der Hütte und suche die Umgebung mit dem Fernglas ab. Am gegenüberliegenden Ufer des Sees entdecke ich auf halber Höhe des Berges zwei der Jungen, offensichtlich auf der Flucht vor einem alten Männchen, das weiter unten am Berg mit der Nase am Boden der Spur der beiden folgt.

Charlie und ich rennen hinunter zum Ufer und springen ins Boot. Wir sind zutiefst besorgt. Nicht nur, weil unser Projekt vom Überleben der Jungbären abhängt. Da ist vor allem auch der emotionale Aspekt: Wir hängen an diesen Jungen und haben die Verantwortung für sie. Den Alten hinter den Bärenkindern herjagen zu sehen, hilflos vom anderen Ufer des Sees aus, ist furchtbar. Quälend langsam tuckern wir über den See, und wie von Sinnen brüllt Charlie bereits, als wir noch mitten auf dem Wasser sind, um den Alten abzulenken. Der hört ihn nicht. Dann, endlich Land, springen wir vom Boot, und ich beginne sofort den Berg hochzuhetzen, lasse Charlie rasch hinter mir zurück.

Jetzt schreie und fuchtle ich, was das Zeug hält. Vergeblich, der alte Riese scheint mich nicht wahrzunehmen. Mit der Nase am Boden treibt er die Jungen weiter den Berg hoch. Diese werden zusehends nervöser, und ich selber verspüre eine Riesenwut im Bauch: Niemand stellt sich zwischen mich und meine Jungen und schon gar nicht zwischen mich und Sky! Ich halte inne, verschnaufe kurz, hole tief Luft und stoße einen aus tiefstem Inneren kommenden Urschrei aus, einen, wie ihn meine Lungen noch nie zuvor zustande gebracht haben. Wäre ich der Bär gewesen, ich hätte Angst bekommen. Und tatsächlich, jetzt endlich hört er mich und blickt zu mir hinunter. Dann schaut er prüfend noch einmal hoch zu den Jungen, lässt endlich von ihrer Spur ab und sucht zügig das Weite.

Die beiden Jungen – es sind Sky und Wilder – sind so verängstigt, dass sie auch vor mir zurückweichen. Nach zwei langen Tagen auf der Flucht vor dem Räuber sind sie eingeschüchtert und verstört. Ich setze mich in einiger Entfernung von ihnen auf den Boden und spreche mit ihnen, versuche, sie mit meiner Stimme zu beruhigen. Nach einer Weile klettert Sky zu mir hinunter, ihren Bruder im Schlepptau. Ich strecke ihr meine Hand entgegen, die sie vorsichtig beschnuppert. Sofort erkennt sie meinen Geruch und streckt mir ihrerseits die Tatze entgegen – das Vertrauen ist wiederhergestellt, und ich bin so glücklich, wie ein Vater es nur sein kann.

Während Charlie mit dem Boot zurückfährt, lassen sich die Bären von mir um den See herum zur Hütte führen. Sheena und Gina scheinen ihre Halbgeschwister überschwänglicher zu begrüßen als sonst.

Obschon wir sicher sind, Buck an den alten Räuber verloren zu haben, versuchen wir nicht, die anderen vier einzusperren, als sie am nächsten Tag wieder wegwollten.

Vier Tage später befinden wir uns mit den verbliebenen vier Jungbären auf einer Wanderung, als Sky plötzlich von einem

Lachs ablässt, den sie kaum angefressen hat und stattdessen, die Nase immer am Boden, den Hang erklimmt. Die drei anderen Bären und Charlie und ich folgen ihr und stoßen schließlich auf – Buck. Wir sind ungemein erleichtert, und ich staune: Buck ist immer das schwächste der fünf Jungtiere gewesen, hat sich jetzt aber tagelang allein durchgeschlagen und ist dem alten Bärenmännchen ganz offensichtlich entkommen.

Schon eine Woche später verschwinden wieder alle, spätabends kommen vier von ihnen heimgepoltert. Jetzt fehlt Wilder, die anderen wuffen leise, geben Stressgeräusche von sich. Wieder schützen wir sie mit dem Elektrozaun. Am nächsten Morgen entdecken wir bei einem Blick aus dem Fenster das gefährliche Männchen, wie es unweit der Hütte auf der Wiese frisst. Wir gehen hin, von düsteren Vorahnungen getrieben, denn wir wissen wohl, dass es auf dieser Wiese nichts zu fressen gibt, was einen Bären interessieren würde. In einigen Dutzend Metern Entfernung bleiben wir stehen und rufen ihm zu. Der Bär hebt den Kopf und schaut zu uns herüber. In seinem Rachen hält er den abgerissenen Kopf Wilders, an dem nur noch ein kurzes Stück der freigelegten Wirbelsäule hängt. Gemächlich verzieht sich der Kannibale. Im Maul Wilders Kopf.

Zurück in der Hütte, blicken wir wieder aus dem Fenster. Der Bär ist zurückgekommen, um sich mit den Überresten Wilders zu beschäftigen, nur einen Steinwurf von der Hütte entfernt. Gerade so, als ob er uns verhöhnen wollte. Natürlich sind Charlie und ich geschockt. Doch gleichzeitig ist uns klar, dass sich der alte Bär nur natürlich verhält. Zudem haben wir selbst mit unserem Projekt die Situation erzeugt, die diesen Angriff auf Wilder ermöglicht hat. Trotzdem sind wir tieftraurig und sprechen kaum ein Wort miteinander, jeder Versuch zu reden verkommt zu einem heiseren Flüstern.

Doch die Schwere legt sich bald. Schließlich haben wir genau das erlebt, was vorherzusehen war und was der Natur des Bären und der Wildnis entspricht. Wir freuen uns darüber, dass noch immer vier Bären da sind. Die Unerbittlichkeit der Natur hat zudem etwas erreicht, was weder Charlie noch ich noch ihre richtige Mutter den Jungbären hätten eindrücklicher vor Augen führen können, nämlich die Lektion »Hütet euch vor großen, fremden Bären!«. In diesem Sinne hat Wilders Tod einen positiven Effekt – den nämlich, die verbleibenden vier Tiere vor dem Gefressenwerden zu schützen. Ansonsten ist ihnen aber schon am nächsten Tag nichts mehr anzumerken. Weder scheinen sie verstört, noch gibt es Anzeichen dafür, dass sie Wilder vermissen würden. Dieses Verhalten ergibt Sinn: Gefahren sind Teil des Lebens in der Wildnis, und das ständige Flüchten vor Feinden mag dem Menschen als Stress erscheinen, ist für ein Wildtier aber so selbstverständlich wie sein eigener Hunger.

Zwei Tage später finden wir am Seeufer das Lager des Bären. Hier hat er offenbar noch geruht, um zu verdauen. Das Einzige, was von Wilder übrig geblieben ist, sind die unteren Kieferknochen, einige der Krallen und etwas Pelz. Die Knochen des Jungbären sind noch so weich gewesen, dass der alte Bär sie offenbar gleich mitgefressen hat.

Problembär oder Problemmensch?

Meine vertiefte Beschäftigung mit der Natur zeitigte einen höchst unangenehmen Nebeneffekt. Ich wurde damit konfrontiert, wie sehr der Mensch in die Natur eingreift, ohne ihr fragiles Gleichgewicht zu berücksichtigen. Ich stieß auf immer neue besorgniserregende Missstände, begann mit der Rücksichtslosigkeit des Menschen im Umgang mit Mutter Erde zu hadern und war immer weniger dazu bereit, tatenlos zuzusehen. Meine zunehmende Sorge bewegte mich zum Engagement in verschiedenen Umweltschutzorganisationen. Ich war ein junger, im Umgang mit der Bürokratie ungeduldiger Heißsporn und wollte gegen Windmühlen kämpfen. Zum ersten Mal wurde ich mit der Allmacht wirtschaftlicher Interessen konfrontiert und merkte, dass auch jegliche Politik fest in deren Griff steckt.

Angesichts der scheinbaren Ohnmacht gegen diese Allianz liebäugelte ich mit extremeren Varianten des Ökoaktivismus, und heute wage ich nicht mehr, über jede meiner damaligen Aktivitäten zu sprechen. Etliche bewegten sich hart an der Grenze zur Illegalität, einige wenige vermutlich sogar leicht jenseits. Gewalt ist das letzte Argument der Dummen, sagte ich mir, und so erschienen mir letztlich verbale Argumente und gewaltfreier Aktivismus richtiger. Mein Engagement bei UTSB Research und in der BEAR Society war somit der richtige Schritt: Über UTSB klärte ich auf, und über die BEAR Society konnte ich angriffige, aber legale Kampagnen zum Schutz des Banff-

Nationalparks führen. Die Offensive ist in Umweltkampagnen leider notwendig: Erst wenn die so interessant ist, dass die Medien darüber berichten, lässt sich über die Öffentlichkeit genügend Druck auf Politik und Wirtschaft ausüben, dass man auch tatsächlich wahrgenommen wird.

Leider sind Umweltverträglichkeitsprüfungen (UVP) in Kanada ein Witz. Von Tausenden von Baugesuchen wurden in den letzten Jahren lediglich einige wenige nicht bewilligt, alle anderen aber durchgewinkt – inklusive einer siebenstöckigen Hotelerweiterung im Herzen von Kanadas größtem Nationalpark, dem Banff-Nationalpark. Mein ernüchterndes Fazit: Ist ein Bauprojekt so weit fortgeschritten, dass es zur Umweltverträglichkeitsprüfung kommt, dann ist es schon so gut wie realisiert. Die UVP ist in Kanada eine reine Formalität, und selbst innerhalb von Nationalparks werden kommerzielle Interessen dem Schutz der Natur übergeordnet.

Während der Achtzigerjahre des letzten Jahrhunderts herrschte in den kanadischen Rocky Mountains eine ganz andere Politik dem Bären gegenüber, als dies heute der Fall ist. Damals waren sogenannte Abfallbären der Normalfall. Man lebte mit ihnen. Wurde einer besonders aufdringlich, schoss man ihn halt ab. Jahr für Jahr wurden so in jedem Nationalpark Kanadas Dutzende von Bären beseitigt. Es waren ja genügend da – wenn einer weg ist, kommen andere nach, sagte man sich.

Es galt als normal, dass auf jedem Zeltplatz in den kanadischen Nationalparks Nacht für Nacht Bären auftauchten und sich von Abfällen und Nahrungsmitteln ernährten, welche die Campierenden nicht sorgfältig entsorgt oder verstaut hatten. Schlimmer noch: Die Menschen fütterten die Bären von Hand. Ich verfüge über alte Schwarz-Weiß-Fotos von Parkwächtern im Banff-Nationalpark, die Bären aus dem Autofenster hinaus füttern.

In Lake Louise im Banff-Nationalpark oder auch in den USA im Yellowstone-Nationalpark bezahlten die Menschen Eintritt dafür, sich rings um eine riesige Abfallhalde setzen zu dürfen, um aus nächster Nähe Bären zu beobachten, die sich von Müll ernährten. Auf den Zeltplätzen ließen die Menschen die Kühlboxen mit ihrem Essen unbekümmert draußen auf den Tischen oder in ihren Autos stehen. Die in jeder Hinsicht an den Menschen gewöhnten Bären lernten rasch, wie man in Autos einbricht, und schälten ganze Türen oder Dächer ab, um an die Kühlboxen zu gelangen und deren Inhalt zu verspeisen.

Nach heutigem Erkenntnisstand ist das alles unverantwortlicher Blödsinn. Bären, die einerseits an den Menschen gewöhnt sind und die zudem gelernt haben, sich von dessen Abfällen zu ernähren, sind potenzielle »Problembären«, die sich dem Menschen gegenüber unberechenbar verhalten können. Sie haben ihre Scheu verloren, was die Nähe zu Menschen erschwert. Im Grunde sind Bären jedoch durchaus berechenbar: Sie sprechen wie alle Tiere eine Sprache aus Warnlauten und -gebärden, die anderen Tieren und auch uns Menschen Grenzen signalisieren. Und wenn wir diese kennen und beachten, geraten wir kaum je in eine Konfliktsituation.

Die Mentalität der Menschen in den Parks hat sich denn auch grundlegend gewandelt. Nachdem durch diese »Abfallbären« einige Menschen – und mit ihnen die betreffenden Bären selbst – zu Schaden gekommen waren, änderten die Regierung, die Parkverantwortlichen und in der Folge auch die Bevölkerung ihre Haltung radikal. Seit den Neunzigerjahren ging man das Abfallproblem strikt an. Man schloss die Abfallhalden oder entfernte sie ganz aus den Nationalparks, damit die Bären sie nicht mehr erreichen konnten. Die Tiere sollten sich nicht mehr an unnatürliche Ernährung durch menschliche Abfälle, Hunde-

und Vogelfutter, Barbecue-Reste und Ähnliches gewöhnen können, denn das ist es, was sie zu »Problembären« macht. Die Aufklärung der Bevölkerung ging Hand in Hand mit der Sicherung der Abfälle: Für die Entsorgung privater Abfälle wurden bärensichere Container erfunden, und die Menschen lernten, kein Essen draußen stehen zu lassen und den Grill zu reinigen, bevor sie sich schlafen legten. Heute ist wenigstens die Bevölkerung der kanadischen Nationalparks gut auf die Bärenproblematik sensibilisiert und kennt die Grundregeln des Umgangs mit den Bären. Außerhalb der Parks hingegen werden noch immer Tausende von Bären als sogenannte Problembären getötet. Allein in British Columbia geht man von 1500 geschossenen Exemplaren pro Jahr aus, wobei es sich ausnahmslos um angebliche Problembären handelt. All die Tiere, die der Mensch aus niederen Gründen wie der Trophäenjagd tötet, sind dabei noch nicht berücksichtigt.

Doch auch in den Parks bezahlte man einen hohen Preis für die Sünden der Vergangenheit. Als die Bären auf einen Schlag ihrer Hauptnahrungsquelle beraubt waren, suchten sie sich Alternativen. Einige wenige verlegten sich auf den Menschen. In unmittelbarer Nähe von Banff zum Beispiel wurden sechs Leute vom gleichen ehemaligen »Abfallbären« angefallen, unmittelbar nachdem eine Mülldeponie geschlossen worden war. In den ersten Jahren danach wurden in vielen Dörfern vierzig bis fünfzig Grizzlybären erschossen, bis schließlich die ganzen Generationen ausgerottet waren, die sich an den menschlichen Abfall gewöhnt hatten. Erst die nachfolgenden Generationen waren wieder echte Wildbären und ernährten sich natürlich.

Während früher die »Abfallbären« die Statistiken kritischer Begegnungen zwischen Mensch und Bär klar anführten, geht heutzutage der Großteil gefährlicher Situationen von Überraschungsbegegnungen aus. Besonders oft sind Grizzlybärinnen betroffen, die mit ihren Jungen unterwegs sind. Die mediale Berichterstattung beschränkt sich jeweils auf den spektakulären Aspekt solcher Begegnungen, auf Tod und Verletzung. Dass aber menschliche Naivität in aller Regel am Anfang von Unfällen steht, bleibt stets unerwähnt. Ich selbst bin vor Fehlern nicht gefeit und habe vor allem in meinen frühen Jahren einige Male einfach nur Glück gehabt.

Ein besonders heißes Eisen ist aus meiner Sicht die Bärenjagd. Alaska ist ein Volk von Jägern, da bewahrt manch einer sein Gratisfleisch – selbst geschossenen Hirsch, Elch oder auch einmal eine Bärenseite – im Tiefkühler auf. Mit Sarah Palin hat die Waffenlobby Alaskas eine neue, strahlende Schutzpatronin erhalten. Paradoxerweise obliegt der Schutz der Wildtiere in diesem Bundesstaat der Behörde »Fish & Game«, also demselben Departement, das für die Jäger und Fischer die Lizenzen ausstellt! Die meisten Leute in der Geschäftsleitung dieser Behörde sind selbst Trophäenjäger, Jagdführer oder sonst wie in die finanziellen Aspekte der Jagd verwickelt. Ein klassischer Interessenkonflikt, der längst zur Ausrottung aller Wildtiere im Staat geführt hätte, würden dort mehr Menschen leben.

Unlängst hat sich Sarah Palin als lautstarke Verfechterin des »Bären-und Wolf-Kontrollprogramms aus der Luft« hervorgetan. Sollten Sie den billigen Euphemismus nicht selber entlarvt haben: Gemeint ist damit die Jagd aus Helikoptern und Flugzeugen, das Niedermähen ganzer Wolfsrudel aus dem einzigen Grund, damit menschlichen Jägern mehr Karibus und Elche zum Abschuss zur Verfügung zu stellen. In einigen Regionen dürfen seit 2010 sogar Bärinnen mit Jungen geschossen werden. Und die unheilige Gouverneurin wehrte sich unlängst vehement dagegen, dass der Eisbär in die Liste der vom Aussterben bedrohten Arten aufgenommen wird. Der Grund: In den Augen von Frau Palin bedrohen die Eisbären die lukrativen Ölbohrungen.

Wie schießwütig die Bewohner Alaskas sein können, erlebte ich am eigenen Leib an der Grenze zu Kanada in der Nähe des dort gelegenen Kluane-Nationalparks. Ich spazierte durch ein Dorf und kam mit einem Mann namens Rick ins Gespräch. Der Automechaniker hebelte vor seiner Werkstatt an einem alten Pick-up herum. Er war ein liebenswürdiger, baumlanger, schlaksiger Kerl mit langem schwarzem Haar und offenbar stets zu Späßen aufgelegt. Ein Freund hatte ihm ein Auto zur Reparatur überlassen, und als der Motor wieder tuckerte, lud er mich zu einer Spritzfahrt ein. Es ging in wildem Tempo über Stock und Stein, sodass die Karre bei jeder Bodenwelle vom Boden abhob. Wir pflügten durch Flüsse, das Gefährt ließ das Wasser meterhoch wegspritzen, es knallte und scheppterte, als würde jemand einen Kühlschrank aus dem zweiten Stock eines Hauses auf die Straße schmeißen. Und plötzlich zog Rick die Handbremse, wir schlitterten quer über die Straße und wurden dabei in eine Staubwolke gehüllt. Als der Wagen stillstand, und die Staubwolke sich langsam gelegt hatte, begann Rick seltsam zu grinsen.

»Aussteigen!«, befahl er.

»Was hast du vor, Bruder?«, fragte ich. Sein Grinsen beunruhigte mich.

Er antwortete nicht, ging stattdessen um das zerbeulte Auto herum zum Kofferraum, öffnete ihn und nahm eine Flinte heraus.

»Mann, mach keinen Scheiß!«, rief ich erschrocken.

Er lachte nur und lud das Gewehr mit einem schnellen Handgriff durch.

»Geh zur Seite, Reno, das Auto muss noch etwas in Schuss kommen!«

Ich hechtete zur Seite, und Rick schoss mehrere Male in die Autotüren, währenddem er ein irres Lachen ausstieß.

»Du bist verrückt, Mann!«, rief ich ungläubig.

»Es ist ganz einfach: Ein Auto ist nur dann ein alaskisches Auto, wenn ein paar Kugeln in ihm stecken«, erklärte Rick.

Damit hatte er den Charakter der alaskischen Bevölkerung auf den Punkt gebracht: Das Leben ist ein einziger großer Spaß. Auch wenn Rick die Flinte äußerst locker in der Hand lag, war er doch alles andere als ein verbohrter Republikaner und insofern überhaupt nicht auf der Linie der höchst konservativen Regierung seines Staates. Er ging völlig mit mir einig, dass die Wildtiere Alaskas geschützt werden müssen.

Das Jagen von Bären ist immer schlecht, denn Trophäen sind einfach nicht Argument genug. Haben Trophäenjäger einen Bären erlegt, ziehen sie ihm an Ort und Stelle das Fell samt Tatzen und Kopf ab, den Rest überlassen sie Kojoten und anderen Aasfressern. Jedes Jahr finde ich in Südostalaska neue Kadaver. Was mich besonders wütend macht: Die Kadaver liegen meistens am Strand. Das deutet darauf hin, dass die Bären von Booten aus geschossen wurden, was strikte verboten ist. Das Gesetz sieht vor, dass Bären nur vom Land aus bejagt werden dürfen. Doch leider wird das kaum je kontrolliert.

Als ich einmal im Mai in Alaska mit einem Kunden unterwegs war, um Bären zu beobachten, tuckerten wir mit einem kleinen Boot in die Seal Bay und entdeckten einen Jagdführer mit seinen drei Klienten. Sie saßen auf Deck einer kleinen Luxusjacht, tranken laut grölend Bier und brieten ihre nackten, aufgedunsenen Bierbäuche an der Sonne. Sie ankerten hundert Meter vom Ufer entfernt und warteten ganz offensichtlich auf einen besonders prächtigen Grizzlymann, denn natürlich wissen die Jagdführer, dass sich die Braunbären im Frühling auf den fruchtbaren Seggenwiesen direkt an der Küste versammeln, um zu fressen. Und wenn sie dort friedlich grasen, sind sie vom Boot aus einfacher als einfach abzuknallen. Ich rief den Männern zu:»Hi Guys, wollt ihr hier etwa was Illegales veranstalten?« Sie lachten laut, ich konnte förmlich hören, wie betrunken sie waren, und fragten zurück:»Was denn Illegales, Bier trinken? Bier trinken ist nicht illegal, hast du das nicht gewusst?« Ich war ohnmächtig, denn wir befanden uns fernab der Zivilisation, und bis es mir gelungen wäre, einen Aufseher zu verständigen, wäre die Gruppe längst über alle Berge gewesen. Also richtete ich mich mit meinem Klienten auf der Wiese ein, um scheinbar Bären zu beobachten. Wir verhielten uns dann aber so unmöglich, dass garantiert jeder Bär, der auch nur in die Nähe kommen wollte, sich schleunigst wieder verzog.

Ich habe nichts gegen eine vernünftig und fair ausgeübte Jagd, aber ein Tier abzuschlachten, um sich mit seinen Körperteilen als Trophäen zu schmücken, ist in meinem Weltbild allerunterste Schublade. Und genau darum geht es bei der Jagd auf Bären fast immer. In die Kategorie»unrühmliche Beispiele« gehört deshalb auch der Katmai National Park and Preserve in Alaska: Ihn besuchen im Sommer unzählige Touristen, um Bären zu fotografieren. Diese gewöhnen sich an den Menschen, werden sogenannt habituiert. Im Herbst dann fallen genau dieselben Tiere unweit des Parks den Jägern zum Opfer, denn während sie im kleinen Nationalpark geschützt sind, darf man sie unmittelbar außerhalb jagen. Der Bär gewöhnt sich während des Sommers in einem positiven Sinne an den Menschen und bezahlt im Herbst für seine Akzeptanz der fremden Art in seinem Lebensraum einen hohen Preis. Habituierte Bären abzuknallen, ist nicht schwer und in meinen Augen ein Beweis für Feigheit und umfassende Respektlosigkeit gegenüber dem Leben.

Ich hoffe auf den positiven Effekt des Bear-Viewings, eines der am schnellsten wachsenden Tourismuszweige in Alaska. Je mehr Menschen dort Bären beobachten wollen, umso schwieriger wird es für die mächtige Jagdlobby Alaskas, ihre Jagdreviere zu rechtfertigen. In ganz Nordamerika hat die Zahl der Jäger im letzten Jahrzehnt massiv abgenommen, doch die Jäger reagieren mit geballten Propagandafeldzügen darauf, um junge Menschen als Nachwuchs zu rekrutieren.

Die Regierung müsste endlich begreifen, dass Touristen ebenso viel Geld für Fotosafaris bezahlen wie für eine Trophäenjagd und dass ein vielfach fotografierter Bär nachhaltiger Geld einbringt als ein toter. In Alaska selbst gibt es ein Vorzeigebeispiel für vernünftigen Umgang mit nachhaltigem Tourismus: Ebenfalls im Katmai-Nationalpark, an den McNeil River Falls, können Besucher unzählige Bären beobachten, die gleichzeitig am Lachsfischen sind. Damit die Tiere von den Touristen nicht gestört werden, erklärte man eine kleine natürliche Anhöhe am Flussufer gleich über den Wasserfällen, von wo aus die Bären gut sichtbar sind, zur Beobachtungsplattform. Ein auf Kniehöhe gespanntes Band am Rand der Anhöhe signalisiert den Besuchern: Bis hierhin und nicht weiter. So dürfen maximal zehn Personen pro Tag aus nächster Nähe lachsfischenden Bären zusehen sowie Bärenmüttern, die in wenigen Metern Entfernung ihre Jungen säugen. Seit der Einrichtung dieses Beobachtungspostens im Jahr 1964 wurde kein einziger negativer Zwischenfall verzeichnet.

Leider erteilt auch die kanadische Regierung nach wie vor Bewilligungen für den Abschuss von Bären. Ein Einheimischer bezahlt für den Tod eines Schwarzbären in Alberta eine Gebühr von knapp sechzehn(!) kanadischen Dollar! Immerhin hat man die Regierung dieser Provinz dazu bewegen können, die Bejagung des Braunbären zu stoppen. Erreicht wurde dies letztlich durch unzählige wissenschaftliche Studien, die belegen, dass die Bärenpopulation mit rund fünfhundert Tieren für diese riesige Provinz viel zu tief ist. In British Columbia dagegen dürfen weiterhin auch Braunbären gejagt werden, obwohl es auch dort nur noch zwischen 10 000 und 15 000 Bären gibt. Die Lizenz zum Erlegen eines Grizzly beträgt für Einheimische achtzig kanadische Dollar; ein Witz, wenn man in Betracht zieht, dass Jagdtouristen einem Führer bis zu 20 000 Dollar bezahlen, um einen Braunbären töten zu dürfen. Und als Bonus gibt es noch einen Wolf oder Schwarzbären obendrauf.

Weil der Bär für mich auch ein Symbol für eine intakte Umwelt und funktionierende Ökosysteme darstellt, lässt mich auch all das andere Übel nicht kalt, das wir unserem Planeten zufügen. Ich begreife moderne Errungenschaften nicht, deren Gefährlichkeit mit keinem wirtschaftlichen Argument relativiert werden kann, zum Beispiel Atomkraft. Kaum jemand spricht von den Auswirkungen Tschernobyls – oder, etwas aktueller, von Fukushima – auf die Tierwelt. Radioaktives Cäsium regnete nach der Tschernobyl-Katastrophe vor fünfundzwanzig Jahren über ganz Europa ab. Messungen im Frühling 2011 haben gezeigt, dass Wildschweine in Deutschland und Fische in Skandinavien noch immer Cäsium-Belastungen aufweisen, die alle Grenzwerte sprengen. Fische sind besonders stark betroffen: Das hochgiftige Cäsium wird vom Fischorganismus mit Kalium verwechselt und in den Organen angereichert. Weil Fische in der Nahrungskette vieler Räuber stehen – nicht nur, aber ganz besonders auch des Bären –, liegt es nahe, dass diese ebenfalls stark betroffen sind. Die Nähe Kamtschatkas zu Japan bereitet mir deshalb derzeit große Sorgen: Es besteht für mich kein Zweifel daran, dass mein persönliches Bärenparadies über Jahrzehnte radioaktiven Regen wird ertragen müssen.

Ich kann die gleichbleibend egoistische Haltung des Menschen nicht anerkennen, die zu Problematiken wie Palmölanbau, Überfischung, Zersiedelung, Klimawandel führt. Dass so viele andere Kreaturen und die ursprüngliche Natur weichen müssen, damit wir immer fetter und bequemer werden können, stimmt mich traurig. »Ich« ist unser Lieblingswort geworden. Manchmal witzle ich zusammen mit meiner Tochter Isha darüber, wie sehr das Ich – auf Englisch »I« – überhandnimmt in unserem Leben:

»Isha, jetzt haben wir bereits einen iPod und einen iMac, was kommt als Nächstes?« Sofort wirft jeder ein, was ihm gerade in den Sinn kommt: »Willst du jetzt aus deinem iTeller essen?«, »Gehst du in dein iBett?«, »Holst du mich mit dem iVelo von der Schule ab?«, »Spielst du mir etwas auf dem iKlavier vor?«

Ich, ich, ich. Aus der Schweiz war mir bereits das Phänomen vertraut, dass jeder Hausbesitzer einen Zaun um sein iGentum zieht, mit einer möglichst hohen, dichten, immergrünen Hecke, damit ja niemand in sein Grundstück blicken oder womöglich gar einen Fuß in seinen Garten setzen kann. Nun werde ich in Kanada unmittelbar Zeuge einer ähnlichen Entwicklung. Als ich vor über zwanzig Jahren nach Banff zog, wohnte man noch in alten Häusern und kannte alle Nachbarn. Es gab keine Gartenzäune, man hatte freie Sicht auf die Grundstücke der Nachbarn und die umliegenden Häuser. Heute verschanzen sich die meisten hinter hohen Zäunen und Sichtschutzwänden. Wo man sich früher beim Nachbarn noch alles Mögliche auslieh, Butter, Milch, Eier, und dabei auch ins Gespräch kam, kapselt man sich heute mehr und mehr ab.

Die Grünflächen zwischen den Häusern bleiben zunehmend leer, den Sandkästen sieht man an, dass seit Jahren niemand mehr darin gespielt hat. Als Kind spielte ich auch bei strömendem Regen draußen und streifte durch Feld und Wald. Heute spielen viele Kinder vorwiegend drinnen, an Computern, Fernsehgeräten, Spielkonsolen. In der Schweiz, dünkt es mich, hat bald jedes Kind seinen i-genen Computer, seinen i-genem Fernseher im Zimmer stehen. Samt Spielkonsole, versteht sich. Spiele draußen werden meist von Erwachsenen organisiert, von der Waldspielgruppe, dem Kinderhort, der Schule.

Diese Entwicklung empfinde ich als sehr widersprüchlich: Auf der einen Seite sind wir heute viel stärker sensibilisiert auf die Umwelt und den Umweltschutz, und viele Menschen versuchen redlich, ein Leben zu führen, das die Umwelt möglichst geringfügig belastet. Auf der anderen Seite kommen unsere Kinder immer weniger in Kontakt mit der Natur. Vor ein paar Jahren lief im Schweizer Fernsehen ein Beitrag zur Miss-Schweiz-Wahl. Als Vorbereitung auf die Show besuchten die Kandidatinnen einen Bauernhof, und eine der jungen Schweizer Frauen sagte doch tatsächlich, nun sehe sie zum ersten Mal in ihrem Leben eine lebendige Kuh.

Diesen Sommer erzählte die Schweizer Spitzenköchin Vreni Giger in einer Diskussionsrunde, ebenfalls im Schweizer Fernsehen, dass sie Lehrlinge erlebe, welche die banalsten Gemüsearten nicht beim Namen nennen können. Dabei sind wir hier noch nicht einmal bei der Natur, sowohl Kühe als auch Gemüsesorten wurden von uns Menschen domestiziert und unseren Bedürfnissen angepasst. Ich möchte lieber gar nicht erst wissen, was diese Jugendlichen über echte Natur berichten könnten.

Ich kann keine Universallösung präsentieren. Auch ich lebe im Widerspruch zu meinen Ansichten: Mit meinen Flügen um die Welt leiste ich meinen Beitrag an die enorme Umweltbelastung. Doch ich versuche im Kleinen mein Möglichstes, und würden wir das alle tun, hätten wir kaum eine Einbuße unserer

Lebensqualität zu verzeichnen, würden aber schon einen spürbaren Effekt erzeugen: Jedes wiederverwertete Fetzchen Papier oder Plastik, jede recycelte Scherbe Glas, jeder per Velo statt im Auto zurückgelegte Kilometer, jedes Watt nicht gebrauchten Stroms, jedes aufgrund seiner Nachhaltigkeit gekaufte Nahrungsmittel kann helfen.

Und würden wir uns sogar dazu überwinden, einen kleinen Teil unseres Wohlstandes aufzugeben, dann wäre die Erde so gut wie gerettet. Ja, ich weiß, ich bin ein Träumer. Aber: Es geht mir keineswegs um ein immissionsfreies Leben, sondern um die Einsicht, dass etwas weniger Wohlstand immer noch sehr viel mehr ist als das, was wir brauchen. Ich sehe mich nicht als Extremisten. Vielmehr leben wir in einer extremen Zeit. Wenn wir als Art überleben wollen, müssen wir nur schon aus egoistischen Gründen unsere Gewohnheiten und Anschauungen gewissen Änderungen unterwerfen. Nur wenn wir alle zurückfinden zu einem bescheideneren Dasein, zu einem respektvolleren Umgang mit der Umwelt, ihren Kreaturen und den natürlichen Ressourcen, haben wir eine Chance, uns nicht selber auszurotten.

Manchmal denke ich, es wäre besser um die Erde bestellt, wenn sie uns endlich abschütteln würde. Der Schriftsteller Alan Weisman hat ein spannendes Buch zu dieser Idee geschrieben: »Die Welt ohne uns – Reise über eine unbevölkerte Erde«.[5] Was würde geschehen, wenn der Mensch schlagartig ausstürbe? Weisman besprach sich mit Fachleuten der verschiedensten Richtungen, mit Architekten, Biologen, Zoologen, Geologen, Ingenieuren und Technikern. Wie würde sich eine Stadtlandschaft wie New York verändern? Was würde mit den Erdölraf-

---

[5] Alan Weisman: Die Welt ohne uns – Reise über eine unbevölkerte Erde. Piper Verlag. München 2009.

finerien passieren und was mit Atomkraftwerken? Was würde aus dem Kölner Dom und was aus unseren über- und unterirdischen Bauwerken wie U-Bahn-Schächten beispielsweise?

Ein Fazit des Gedankenexperiments: Innerhalb zweier Jahre wäre der Großteil des Planeten wieder grün. Die Erde würde sich schnell mit der neuen Situation arrangieren. Die Gegenwart zeigt es uns: Selbst in Hiroshima, wo eine der größten von Menschenhand verursachten Katastrophen stattfand, entwickeln sich heute wieder Mäuse- und Insektenpopulationen, die sich der Verseuchung angepasst haben. Zwar leben sie nicht so lange wie früher, doch gebären sie mehr Junge, und diese werden früher geschlechtsreif. In wenigen Jahren hat sich die Natur an die neuen Gegebenheiten angepasst, um zu überleben.

Solche Geschichten geben mir Hoffnung und ermutigen mich, weil sie uns vor Augen führen, dass wir Menschen nicht an der Spitze der Entwicklung stehen, obwohl wir auch heute noch gerne so tun als ob. Es ist für mich ein tröstlicher und überhaupt nicht zynischer Gedanke, dass es übers Ganze gesehen vielleicht gar nicht so tragisch ist, dass wir unsere Umwelt dermaßen konsequent zerstören. Um aber ein in meinen Augen aufrechtes und moralisch anspruchsvolles Leben zu führen, um ohne Skrupel in den Spiegel schauen zu können, um meinen Kindern eine Welt zu hinterlassen, die diese Bezeichnung verdient, weil sie noch bewohnbar ist, kämpfe ich weiter.

Und nicht immer ist dieser Kampf erfolglos, manchmal konnten wir uns mit BEAR Society und UTSB Research tatsächlich durchsetzen. Sogar gegen die Allmacht kommerzieller Interessen! Einen unserer größten Siege konnten wir gegen die Canadian Pacific Railway Ltd. (CPR) feiern. Dieses Eisenbahnunternehmen mit Monopolstatus betreibt und unterhält das ganze kanadische Schienennetz und besitzt über fünftausend Waggons, in denen Getreide transportiert wird. Die Wagen sind am Boden mit einer Schiebetür ausgestattet, welche der Frachtentladung dienen. Täglich fahren einige Dutzend Zugkompositionen mit jeweils etwa hundert Waggons quer durch das Land und generieren Jahr für Jahr Rekordprofite für die CPR. Durch die undichten Schiebetüren am Boden der uralten Waggons aber verlieren sie auf ihren Fahrten Getreidekörner. Und dies in so großen Mengen, dass die CPR-Linie zwischen Saskatchewan und Vancouver »Vogelfütterer des Planeten« genannt wird.

Neben Vögeln suchen aber auch Hirsche, Rehe und viele andere Tierarten die Gleise auf, um die zwischen den Schienen liegen gebliebenen Getreidekörner zu verzehren. Auch Bären fressen das Getreide gerne. Viele Tiere werden beim Körnerfressen vom Zug überfahren, was wiederum weitere Bären, Wölfe und andere Raubtiere und Aasfresser anlockt, die dann ihrerseits von der folgenden Komposition überrollt und getötet werden. In all den Jahren lernte ich nur ein paar wenige Zugführer kennen, die ihre Fahrt verlangsamen, wenn sie die Tiere sehen, und mittels der durchdringenden Hupe, die ihnen zur Verfügung steht, diese zu vertreiben suchen. Sie sind die löbliche Ausnahme, denn Zeit ist auch in diesem Geschäft Geld. Und so sterben jährlich zehn Bären in den Nationalparks Banff, Jasper und Yoho, wo nur noch rund zweihundert Schwarzbären und hundertfünfzig Grizzlys leben.

Unsere BEAR Society kam in den Besitz eines dramatischen Fotos. Es zeigt einen Schwarzbären, der unter einen Zug geraten war. Sein Kopf wurde komplett abgetrennt und lag auf der einen Seite der Gleise, während der Körper auf der anderen lag. Der Bildautor arbeitete für den Banff-Nationalpark und wollte aus Angst, seinen Job zu verlieren, anonym bleiben. Wir schickten das Foto an die Canadian Pacific und schrieben dazu: »Wenn

Sie nichts unternehmen gegen diese Art der Tötung, dann wird die Welt dieses Foto zu sehen bekommen. Man wird erfahren, dass Sie wissentlich nichts gegen den Getreideverlust Ihrer Waggons unternehmen und dass Sie deshalb die Verantwortung für den Tod der Bären tragen.«

Der Bahnbetreiber zeigte nicht die geringste Reaktion. Also ließen wir das Horrorbild als Postkarte in einer Auflage von mehreren Zehntausend Exemplaren drucken. Neben dem makabren Foto zeigten wir ein Bild des Luxushotels Chateau Lake Louise, das jährlich Tausende Touristen beherbergt und damals noch der Canadian Pacific gehörte. Wir hatten kurz zuvor einen Prozess gegen das pompöse Hotel mitten im Banff-Nationalpark verloren, als wir vergeblich den Bau einer siebenstöckigen Hotelerweiterung angefochten hatten.

Nun schrieben wir auf der Postkarte neben das Bild des toten Bären »Rekordverluste« und neben dasjenige des Hotels »Rekordgewinne«. Die Postkarten verteilten wir in ganz Nordamerika und verschickten sie stapelweise in die halbe Welt, mit der Aufforderung, sie dem kanadischen Premier zu schicken. Zusätzlich starteten wir eine Mund- und Mail-Propaganda, und dann, dann brach eine Lawine los, wie wir sie nicht erwartet hatten: Der Premierminister wurde innert kürzester Zeit mit Zehntausenden dieser Postkarten aus sechzehn Ländern eingedeckt, und bei so viel weltweiter Aufmerksamkeit wurde endlich gehandelt. Innerhalb weniger Wochen sicherte uns Canadian Pacific den Bau eines riesigen Staubsaugers auf Schienen zu, der seither jeden Sommer die Schienen hoch- und runterfährt und das verlorene Getreide aufsaugt. Mit der Postkartenaktion konnten wir das Bahnunternehmen zum markantesten Schritt bewegen, der in dieser Sache je unternommen wurde. Dieses »David-gegen-Goliath-Projekt« ist ein gutes Beispiel dafür, wie viel wir alle auch mit wenig Mitteln gegen übermächtig scheinende Gegner erreichen können.

Einen ähnlichen Erfolg verzeichneten wir im Projekt »Genesis«: In Kananaskis Country, südlich des Banff-Nationalparks in Kanada, wollten Geschäftsleute aus Calgary ein Vier-Jahreszeiten-Resort bauen, mitten in ursprünglicher Naturlandschaft. Skifahren hätte ebenso zum Leistungsumfang des Resorts gehört wie Heli-Skiing und Wasserskifahren auf dem Spray Lake. Jeder Winkel dieser unberührten Wildnis wäre durch menschlichen Freizeitaktivismus um die notwendige Ruhe und das Gleichgewicht gebracht worden. Und nicht nur das Resort selber hätte die Landschaft verschandelt, sondern es wäre auch eine Straße geteert worden, die bis dato nur aus grobem Schotter und tiefen Schlaglöchern bestanden hatte und deshalb kaum befahren worden war. Eine geteerte Straße aber zieht Menschen an wie ein Kuhfladen die Fliegen. Das Projekt hätte das Ende eines weiteren Stücks Lebensraums für Bären und viele andere Wildtiere bedeutet.

Gemeinsam mit anderen Umweltschutzorganisationen führten wir schließlich eine harte Kampagne, um das Projekt abzuwenden. Uns kam zugute, dass Kananaskis Country der Spielplatz der vermögenden Menschen von Calgary ist. Sie sind mit Öl reich geworden und verbringen hier ihre Wochenenden. Und sie wollen unter sich bleiben. Und mit dieser Lobby im Rücken gelang es uns, das Resort zu verhindern. Ich hatte erneut etwas dazugelernt: Die Umwelt kann manchmal geschützt werden, wenn es gelingt, wirtschaftliche Interessen gegeneinander auszuspielen.

An einem Treffen mit Initianten eines Bauprojekts in einem kanadischen Nationalpark sagte ich zu den Leuten: »Ihr habt doch schon ein anderes Projekt im Park und verdient viel Geld damit. Belasst es doch einfach dabei. Das hier ist ein National-park. Warum wollt ihr noch mehr?« Sie blickten einander an, überlegten eine Weile, dann antwortete einer von ihnen:»Weil es das ist, was wir tun.« Das war ein Schlüsselmoment für mich. Ich begriff, dass Menschen gar nicht anders können, als das zu tun, was sie tun – so wie ich selber auch. Jeder macht das, was er als richtig und wichtig empfindet. Diese einfache Erkenntnis verhalf mir dazu, mich besser in andere Menschen hineinverset-zen und nachvollziehen zu können, was sie aus welchen Grün-den und warum tun (müssen).

Weil es jeden der Gründer im Laufe der Zeit in andere Gegen-den verschlug, versetzten wir die BEAR Society in den Winter-schlaf. Heute fokussiere ich mich bei meinem Engagement auf Themen, die im Speziellen Bären betreffen. Und das in nationa-len und internationalen Kampagnen gegen die Wilderei, gegen sensationsgetriebene Medienberichte, gegen die Zerstörung von Lebensräumen und für die Wiederansiedlung des Bären, insbe-sondere in der Schweiz. Und immer bin ich an allererster Stelle darum bemüht, das landläufige Bild des Bären ins rechte Licht zu rücken, denn das ist ausschlaggebend dafür, wie wir die Dinge sehen.

Herbst

Kamtschatka, 2004. Wegen Wilders Tod sind Charlie und ich nur noch gemeinsam mit den Jungbären unterwegs: Zwei Augenpaare sehen mehr als eines. Einige Male noch lauert uns der alte Bursche auf, beobachtet uns aus der Ferne, und beinahe hat er ein zweites Mal Erfolg. Charlie und ich sitzen gegen Ende September im Gras und essen zusammen mit unseren vier übrig gebliebenen Schützlingen Pinienkerne. Die Tundra ist schon wunderbar herbstlich verfärbt, dicke Moos-, Krähenbeeren- und Blaubeerenteppiche bedecken den Boden, aus ihnen erheben sich inselartig Zwergpinien und -eschen.

Plötzlich stellen sich drei der Jungen auf ihre Hinterpfoten, blicken gespannt in Richtung einiger Zwergpinien, die uns die Sicht versperren, und wuffen ein paar Mal intensiv. Dann rennen sie an uns vorbei in den Schutz einiger hinter uns gelegener Büsche. Nur Buck bleibt unbekümmert im Gras liegen und frisst weiter mit Genuss seine Nüsschen. Ich eile zu ihm hin, spähe am Gebüsch vorbei und entdecke den alten Kannibalen, der im Sichtschutz des Busches in vollem Galopp angerannt kommt. Er ist vielleicht noch vierzig Meter von uns entfernt, und instinktiv starte ich einen Scheinangriff in Richtung des heranbrausenden Kolosses, ganz so, wie es eine echte Bärenmutter an meiner Stelle tun würde. Während ich meinerseits auf das Tier zurenne, schreie ich es an und fuchtle wild mit meinen Armen. Als der Angreifer mich entdeckt, macht er sofort kehrt, rennt so schnell, wie er gekommen ist, davon und verschwindet innerhalb weniger Sekunden. Das ist das letzte Mal, dass wir den Alten zu Gesicht bekommen. Und trotz der dichten Bärenpopulation bringen wir die übrig gebliebenen vier Welpen heil durch ihren ersten Sommer.

Als es Oktober wird, stellt sich uns »Bärenmüttern« eine letzte große Aufgabe: Wir müssen unsere Jungen im Bau einer Winterhöhle unterweisen. Jungbären können sich darauf verlassen, dass ihre Mutter genau weiß, wann es Zeit wird, eine Winterhöhle zu graben, und wie und wo das am besten erledigt wird. Selbst wenn die Jungtiere bereits ihren dritten Sommer in der Obhut ihrer Mutter verbringen und so gut wie erwachsen sind, überwintern sie alle in einer gemeinsamen Höhle. Um einen Hohlraum entsprechender Größe auszuheben, muss eine Bärin tüchtig graben. Mitunter wird sie dabei von ihrem Nachwuchs unterstützt.

Der optimale Ort für eine Bärenwinterhöhle hängt von der Beschaffenheit des Lebensraums ab. Hier in Kamtschatka graben sich Braunbären bevorzugt an Hängen mit etwa dreißig Prozent Gefälle am Fuße von Bäumen oder Büschen ins Erdreich. Der steile Abhang lässt das Regen- und Schmelzwasser gut abfließen, und das Wurzelsystem stützt die Decke der Höhle optimal. Zuerst heben die Bären einen waagrechten Gang aus, so eng, dass sie gerade noch hindurchzukriechen vermögen. Nach etwa einem halben Meter erweitert sich dieser zur eigentlichen geräumigen Höhle. Sie wird mit einem isolierenden Bett aus Pflanzenmaterial ausgelegt und ist dann bezugsbereit.

Die ausgehobene Erde schütten die Tiere vor dem Höhleneingang auf und ruhen sich auf dieser weichen Unterlage noch während einiger Tage an der Sonne aus, bevor sie sich endgültig zurückziehen. Einige Individuen beginnen schon Mitte Herbst mit dem Höhlenbau, begeben sich dann aber noch einmal ins Tal hinunter oder an schneefreie Südhänge, um sich noch etwas Fett anzufressen. Ein solches Winterhöhlen-Bauprojekt kann sich über zwei, drei Wochen hinziehen oder innert Tagesfrist realisiert werden. Dichte, Schwere und Beschaffenheit des Untergrunds spielen dabei eine große Rolle. Manchmal beginnt ein Bär zu graben und stellt erst während der Grabung fest, dass die Stelle nicht geeignet ist und er sein Glück an einem anderen Ort versuchen muss. Dem Schnee kommt bei der Behausung eine entscheidende Bedeutung zu. Erst wenn sich eine dicke isolierende Schneeschicht über die Höhle gelegt hat, pendelt sich in ihrem Inneren die Temperatur von recht konstanten null Grad Celsius ein und bewahrt die Bären vor dem Erfrierungstod. Für frische Luft sorgt ein winziges Atemloch im Schnee, das durch die Wärme der Bären offen bleibt. Die Natur ist extrem erfinderisch!

Natürlich haben Charlie und ich uns schon viele Gedanken darüber gemacht, wie wir unsere letzte Aufgabe als Bärenmütter anpacken sollen, aber wie so oft hätte es dessen gar nicht bedurft. Die Natur ist nicht nur erfinderisch, sie hat auch ihre eigenen Pläne. Wir sehen die vier Jungbären während der letzten Wochen nicht mehr täglich. Doch mehrmals begegnen wir ihnen auf Wanderungen, und anlässlich eines solchen Wiedersehens führen sie uns zu einem steilen Hang, wo sie unterhalb einer Gruppe Erlenbüsche zu graben begonnen haben. Zur richtigen Jahreszeit und am richtigen Ort. Auf Instinkte ist eben Verlass. Es ist zwar noch keine richtige Höhle. Das Konstrukt gleicht eher einer Grube, aber immerhin haben die Jungen ungefähr einen Meter tief in den Hang hineingegraben. Wir stellen erleichtert fest, dass dieser Ansatz mit etwas »mütterlicher« Hilfe für ein taugliches Winterquartier reicht, und erweitern es um ein stabiles Dach, welches der zu erwartenden meterdicken Schneedecke standhalten und für eine isolierende Schneeschicht sorgen wird.

Ende Oktober beginnt es zu schneien. Die jungen Bären wiegen jetzt zwischen 40 und 45 Kilogramm. Abhängig von den klimatischen Bedingungen und dem Nahrungsvorkommen, beginnt sich ihr Metabolismus etwa zwei bis drei Wochen vor Antritt des Winterschlafs zu verlangsamen. Die Jungen werden immer träger und verschwenden keine Energie mehr mit Spielen und Herumtollen. Alles, was sie tun, ist schlafen und fressen. Und das den ganzen lieben langen Tag. Schließlich nehmen sie immer weniger Nahrung zu sich, und am 7. November beziehen sie endgültig ihr Winterquartier. Rasch legt sich eine isolierende Schneeschicht darüber.

Charlie und ich räumen unsere Hütte auf und packen den Elektrozaun, Vorräte und Habseligkeiten zusammen. Wir müssen jetzt schnellstens verschwinden, bevor der Winter vollends hereinbricht und uns mit seiner viele Meter dicken Schneeschicht für Monate von der Umwelt abschneidet. Einige Tage später nutzen wir ein kurzes Aufklaren und lassen uns ausfliegen. Die Piloten lassen uns kaum Zeit, unser Gepäck ins Flugzeug zu wuchten und selbst in den Laderaum zu hechten, und schon hebt der MI-8 wieder ab. Ich blicke wehmütig aus zunehmender Höhe auf das unter mir entschwindende Bärenland und versuche vergeblich, den Winterstandort unserer Schützlinge auszumachen.

Während der MI-8 uns zurück in die gezähmte Welt der Menschen schüttelt, stelle ich mir vor, wie unsere Jungen in ihrem zwei bis drei Quadratmeter großen Bäreniglu dicht an dicht gedrängt schlafen. Der dicke Kloß in meinem Hals ist realer, als mir lieb ist. Die Freude auf das Wiedersehen mit meiner Tochter Isha lindert die Wehmut, die der endgültige Abschied von meinen vier verbliebenen Adoptivkindern hinterlässt. Bei aller Wissenschaftlichkeit und Objektivität sind mir Sky, Wilder, Buck, Sheena und Gina während des russischen Sommers sehr ans Herz gewachsen. Die vier Übriggebliebenen werden jetzt wenigstens sechs Monate lang schlafen und mit etwas Glück im kommenden April aus ihrer Höhle kriechen. Es wird noch eine Schneedecke über der Tundra liegen, aber an der Küste werden sie Futter finden: angespülte tote Seehunde und Wale. Und Pinienzapfen, die der Herbst übrig gelassen hat. Ich bin zuversichtlich: Einige von ihnen werden es schaffen.

Menschenkinder

Gerade mal sechs Wochen alt war Isha, als ihre Mutter Mireille und ich unsere Siebensachen packten und in die Berge gingen, um dort zu campieren. Es war Anfang April, es herrschten zwanzig Minusgrade. Wir übernachteten in einem Zelt, wo wir unsere Tochter in die Mitte nahmen und sie mit unseren Körpern wärmten, gerade so wie eine Bärin ihre Jungen in der Winterhöhle. Ich bin mir sicher, dass Isha es viel wärmer hatte als wir.

Ich packte Isha auch oft in einen Veloanhänger und fuhr mit ihr überallhin: ins Dorf zum Einkaufen, zu Freunden, in die Berge. Im Winter gestalteten wir den Anhänger durch die Montage von Kufen in einen Schlitten um. So waren wir zu jeder Jahreszeit mit diesem Gespann unterwegs. Schon als Dreijährige war meine Tochter wilden Grizzlys, Pumas und Elchen begegnet und hatte zahllose Nächte in Schlafsack unter freiem Himmel oder im Zelt verbracht.

Isha war vier Jahre alt, als wir für einige Zeit in der Schweiz lebten. Einmal, als wir in der Migros einkauften, blieben wir vor dem riesigen Fleischregal stehen. Ein großes Plakat hing über der Kühltheke und erregte Ishas Aufmerksamkeit. Es zeigte ein Rind mit bunt eingezeichneten Flächen, die veranschaulichten, aus welchen Körperteilen einer Kuh Entrecôte, Hackfleisch, Steaks oder Huftplätzchen gewonnen werden. Meine Tochter studierte das Plakat intensiv, sagte nichts. Dann wanderte ihr Blick vom Plakat zu den abgepackten Fleischstücken und wieder zurück. Schließlich zeigte sie auf verschiedene Stücke, verglich sie mit dem Plakat und fragte mich:»Ist das da in dem Paket das dort oben? Und das hier kommt von da?« Mir ging auf, dass wohl die meisten zivilisierten Fleischesser keine Ahnung davon haben, woher genau das Fleisch, das sie essen, stammt.

Um meinem Kind den Hintergrund des Fleischkonsums näherzubringen, fragte ich zwei Jäger in unserem Dorf, ob wir sie auf die Gämsjagd begleiten dürften. Sie hatten keine Einwände, und so zogen wir einige Tage später gemeinsam los. Isha und ich lernten als Erstes, dass ein Westschweizer Jäger vorzugsweise mit dem Auto jagen geht und Fußmärsche von mehr als fünf Metern grundsätzlich als Affront betrachtet. Irgendwie schafften wir es also, mit einem Jeep in die Nähe von Gämsen zu gelangen. Wir fuhren ein Bergsträßchen hoch, stellten den Wagen ab und stapften unter dem Murren der beiden wackeren Jägersmannen den Hang hinauf. Isha war sehr gespannt, und als sich der Wald lichtete, entdeckten wir in ungefähr 190 Metern Entfernung eine etwa vierjährige Gämsgeiß.

Isha zuckte mit keiner Wimper, als der Schuss fiel, sondern machte sich voller Ungeduld mit uns zum erlegten Tier auf. Fasziniert schaute sie zu, wie sich die Jäger daranmachten, die Gämse auszuweiden und in ihre Einzelteile zu zerlegen. Isha mag Tiere sehr gern, und trotzdem isst sie noch immer Fleisch.

Wann immer es Schule und Eltern-Logistik zulassen, begleitet mich Isha auf meinen Touren in die Rockies oder an die Küste Alaskas. Sie ist so interessiert an der Wildnis und dermaßen wissbegierig, dass sie sogar den Ruf des Loons beherrscht, des Eistauchers, der auf der kanadischen Eindollarmünze abgebildet ist. Sein schöner Ruf lässt sich in fast jedem kanadischen Film irgendwann einmal vernehmen und ist schwer nachzuahmen; ich versuche es gar nicht erst, aber Isha beherrscht den Ruf täuschend echt. Sie imitiert ihn so präzise und laut, dass er schon von einem echten Loon mit seinem kräftigen »Wuhuahuhuaha!« beantwortet wurde.

Wer als Kind so mit der Natur aufwachsen darf, baut auf ganz selbstverständliche Art eine offene und wache Beziehung zur Natur auf. Natürlich bringt es mein Beruf mit sich, dass ich im Sommer oft lange weg bin und deshalb auch Isha nicht sehen kann. Ich schätze mich glücklich, dass Mireille sehr tolerant gegenüber meiner Arbeit ist und sich nach wie vor darum bemüht, mich zu unterstützen. Wenn ich nach Aufenthalten in Alaska, Russland oder Europa heimkehre in meine kleine Wohnung in Canmore, dann bin ich zu hundert Prozent da für meine Tochter. Sie wohnt bei mir, wir verbringen viel Zeit miteinander, unternehmen Ausflüge, entdecken Tiere und Pflanzen, und ich bin überzeugt davon, Isha auf diese Weise mindestens so viel Wichtiges mitgeben zu können wie ein Familienvater mit einem etwas gezähmteren Leben.

Wenn ich Anfang Jahr jeweils in die Schweiz reise, begleitet mich Isha für einige Wochen. Das kanadische Schulsystem erlaubt es, Kinder selbst für längere Zeit aus der Schule zu nehmen, und setzt Auslandsaufenthalte mit Bildung gleich. Natürlich achte ich darauf, dass sie stets fleißig, wenn auch manchmal unter Protest, ihre Hausaufgaben macht. Tatsächlich hat Isha auf ihren Reisen mit mir schon viel gelernt und spricht drei Sprachen fließend: Französisch, Englisch und Schweizerdeutsch.

Einige meiner beglückendsten Momente mit ihr überhaupt erlebe ich mit ihr auf unseren traditionellen Herbstwanderungen in den kanadischen Rocky Mountains. Wann immer möglich, packen wir im Herbst unseren großen Rucksack und unternehmen zusammen mit Ishas bester Freundin Emma und deren

Eltern eine mehrtägige Wanderung in die Wildnis der Rockies; diese Wanderungen bleiben mir immer besonders gut in Erinnerung, denn die Freundschaft der beiden Mädchen und ihre natürliche Begeisterung für den Aufenthalt in der Natur sind in hohem Maße herzerwärmend.

Auf einer Gebirgswiese im westlichen Teil des Banff-Nationalparks errichten wir unser Camp, um von dort aus Tageswanderungen zu unternehmen. Dabei geht es uns nicht darum, so viele Kilometer wie möglich schwitzend abzuspulen, sondern um die Förderung von Respekt, Liebe und Verbundenheit unserer Kinder zur Natur. Wie eine Bärenfamilie streifen wir meist barfuß durch die Gebirgswiesen und suchen nach vegetarischer Bärennahrung wie Süßklee, den man auch Eskimo-Kartoffel nennt, nach verschiedenen Heidelbeerarten und Krähenbeeren, die auch für uns Menschen sehr bekömmlich sind. Oder wir spielen am Ufer eines Bergsees, indem wir ein Spielfeld in den Sand zeichnen und uns Figuren aus Steinen und Tannzapfen basteln. So unbeschwert, sorgenfrei und zufrieden mit dem, was ist, erlebe ich Isha unten im Tal nur selten. Auf diesen Trips gibt es nur das Jetzt, wir leben so sehr im Moment, dass der Rest der Welt vollkommen vergessen geht. Diese Momente sind für mich unbezahlbar.

Über meine neugeborene Tochter Ara gibt es noch nicht viel zu sagen. Außer dass sie eine tolle große Schwester hat und wunderschön ist. Ja, richtig, sie kommt diesbezüglich eher nach ihrer Mutter. Ara ist noch wie ein Buch mit lauter leeren weißen Seiten. Und ich brenne darauf, zu erfahren, was das Leben hineinschreiben wird. Ich wünsche mir sehr, dass sie wie meine ältere Tochter erfahren und begreifen wird, welch großartiges Geschenk wir Menschen mit der Natur erhalten haben. Und mein größter Wunsch für meine beiden Mädchen ist, dass sie als erwachsene Frauen noch die Möglichkeit haben werden, einem Braunbären in freier Wildbahn zu begegnen. Und dass sie den Luxus erleben dürfen, frisches Wasser direkt vom Hahnen zu trinken. Und: Dass sie all dies auch noch ihren eigenen Kindern zeigen dürfen. Mehr wünsche ich mir gar nicht und weiß, ich bin sehr unbescheiden.

Frühlingserwachen

Kamtschatka, 2005. Im Juni des folgenden Jahres erhalte ich Nachricht von Charlie, der nach Kamtschatka gereist ist, um erneut zwei Bärenwaisen auszuwildern. Das Projekt wird im Dokumentarfilm »Der Bärenmann in Kamtschatka« festgehalten. Offenbar haben alle vier Jungbären des Vorjahres den Winter überlebt, wie Charlie anhand frischer Spuren rund um das Winterquartier herausgefunden hat. Das sind großartige Neuigkeiten: Mit Überstehen des ersten Winterschlafs steigen die Überlebenschancen unserer vier ehemaligen Schützlinge stark. Bringen sie auch den zweiten lebend hinter sich, ist die kritischste Zeit vorbei.

Rund einen Monat nach Charlies Ankunft tauchen Sky und Buck unverhofft bei der Hütte auf, um Russell zu besuchen. Ganz offensichtlich erkennen sie ihn, lassen sich jedoch nicht auf Körperkontakt ein. Sie haben anscheinend beschlossen, in dieser Gegend zu bleiben, während ihre Stiefgeschwister wohl weitergezogen sind, um eigene Lebensräume zu erschließen. Während des ganzen Sommers lassen sich Sky und Buck nun in unregelmäßigen Abständen bei der Hütte blicken und begleiten Charlie und seine neuen Schützlinge auf ihren Spaziergängen.

Diese Begegnung ermöglicht es Charlie, gleich mehrere Beweise zu erbringen: Zum einen hat unsere Auswilderung die wichtige Anfangshürde genommen und unsere Arbeit sich damit als sinnvoll für das Leben dieser Bären erwiesen. Zum anderen ist es den Tieren gelungen, ohne ihre Mutter das erste schwierige Jahr zu überleben; dank funktionierender Instinkte und ein wenig Unterstützung unsererseits haben sie genug gelernt, um sich in der Wildnis zu behaupten. Und schließlich zeigte sich zweifelsfrei, dass diese Bären sich trotz menschlicher Starthilfe und engem Kontakt zu uns während ihres ersten Lebensjahres völlig natürlich entwickelt haben. Von einem vollen Erfolg werden wir allerdings erst sprechen können, wenn unsere Bären im Alter von ungefähr fünf Jahren ihre Geschlechtsreife erreicht und zur genetischen Qualität der lokalen Bärenpopulation beigetragen haben.

Respekt und Toleranz

In seinem Film »Grizzly Man« erzählt Werner Herzog die Lebensgeschichte von Timothy Treadwell. Ich habe Timothy gekannt. Wir hatten ein paar interessante Gespräche miteinander, aber er war ein höchst eigensinniger Mann. Er verfügte über ein immenses Bärenwissen – ein viel umfassenderes als mancher gestandene Bärenbiologe. Doch aus meiner Sicht beging er einen entscheidenden Fehler: Er wollte mit den Bären zusammenleben, wollte ihr Bruder sein. Durch seinen Anspruch auf Verbrüderung mit dem Bären verhielt er sich ihm gegenüber respektlos. Denn der Bär ist ein Wildtier und gehört einer anderen Art als wir an.

Timothy aber war fest davon überzeugt, dass die Bären ihm nie etwas antun würden – er selbst wollte ihnen ja auch nichts Böses! Er glaubte an eine spirituelle Verbindung zwischen sich und diesen Tieren und weigerte sich konsequent, auf Bärenland Pfefferspray zu tragen oder seine Wildniscamps mit Elektrozäunen zu schützen.

Natürlich ist das Verhalten eines Bären eine komplexe Angelegenheit. Die erste Gefährlichkeitsgleichung aber ist ganz simpel: Die Aggressionsbereitschaft eines Bären hängt direkt mit seinem aktuellen Nahrungsangebot zusammen. Timothy hat diese einfache Gleichung missachtet, als er an jenem verhängnisvollen 5. Oktober 2003 im Katmai-Nationalpark in Alaska sein Zelt an einem denkbar ungünstigen Platz aufschlug, direkt neben einem rege begangenen Bärenpfad. Er verzichtete wie üblich auf den Elektrozaun rund um das Schlafzelt und schlug auch noch ein Vorratszelt auf.

Dies alles tat der erfahrene Timothy keineswegs aus Versehen, sondern im klaren Wissen um die Gefahr. In seiner letzten Videoaufnahme warnt er den Zuschauer ausdrücklich davor, jemals auf diese lebensgefährliche Art zu campieren. Dass er selbst es tat, rechtfertigte er mit seiner enormen Erfahrung. Eine letzte Selbstüberschätzung und eine tödliche Einschätzung. Natürlich fällt auch der beste Bärenbiologe gelegentlich einen falschen Entscheid, doch für Timothy Treadwells Verhalten gibt es keine Rechtfertigung.

Die Vorzeichen waren ausgesprochen negativ, alle Warnsignale hätten Timothy zur Vorsicht mahnen müssen. 2003 war das Lachsvorkommen in Alaska sehr mager. Timothy war in den Tagen zuvor schon einigen aggressiven Vorstößen hungriger Grizzlys ausgesetzt gewesen, insbesondere durch ein alterndes männliches Tier. Es hatte Dominanz und damit seinen Platz in der Rangordnung eingebüßt, musste sich neu mit einem minderwertigeren Platz am Fluss begnügen und war verzweifelt auf der Suche nach Nahrung. Bei einem großen Alaska-Grizzly spricht man von 150 bis 200 Kilogramm Fett, die er sich während des nur vier Monate dauernden Sommers anfressen muss, um durch den Winter zu kommen. An diesem Oktobertag fiel dieser alte Bär Timothy Treadwell an, als dieser ihn vor seinem ungeschützten Zelt entdeckte und verjagen wollte. Timothy wurde getötet und ebenfalls seine Freundin.

Die Medien berichteten anschließend vom sensationellen Tod eines bekannten Tierfilmers, Umweltschützers und Bärenfreunds, der von einem Bären aufgefressen worden war. Natürlich ist es eine Schlagzeile, die in den Köpfen der Menschen zurückbleibt: »Grizzly tötet Bärenkenner«. Mit seinem Fehlverhalten zementierte Timothy das Bild, gegen das er angetreten war und gegen das wir anderen Bärenforscher und Wildnisliebhaber noch immer antreten. Mit Charme und Charisma hat Timothy Tausenden amerikanischen Schulkindern und unzähligen Zuhörerinnen und Zuschauern seiner Sendungen aufgezeigt, dass der Bär – wenn man sich ihm gegenüber nur richtig verhält – ein faszinierendes Wesen ist, mit dem man als Mensch in Eintracht und ohne Konfrontation zusammenleben kann.

Am Ende aber hatte Timothy den Realitätsbezug verloren und der Sache der Bären geschadet: Kommt ein Mensch, so schuldhaft er sich dem Tier gegenüber auch benommen haben mag, durch einen Bären ums Leben, so geht stets der Bär als Verlierer vom Platz. Wir dürfen den Bären nicht verharmlosen, und Freundschaft mit ihm ist ein Hirngespinst. Bären sind Wildtiere, und sie scheren sich nicht um unsere Gefühlslage. Wir sind den Bären egal. Ihr Interesse gilt vorrangig dem Aufspüren von Nahrung, der Aufzucht der Nachkommen und dem Überleben im Allgemeinen. Der Fokus auf die Nahrung gilt für Bären in besonderem Maße. Wer bis zu sechs Monate des Jahres verschläft, hat während der restlichen Zeit viel damit zu tun, sich genügend Kalorien anzufressen.

Wir sollen uns dem Bären nicht annähern und ihn keinesfalls berühren. Aber wir sollen seinen Lebensraum respektieren, seinen Freiraum, seinen unsichtbaren, individuellen Schutzkreis, den er, wie ein Mensch übrigens auch, um sich herum braucht. Ich nenne dies den Kreis der Toleranz. Um den Bären nicht zu bedrängen und ihn damit zur Aggression zu zwingen, sollte man diesen Kreis niemals betreten. Wer sich bedroht fühlt, verteidigt sich. Wir sollten die Begegnung mit einem Bären als Geschenk betrachten, das wir aus sicherer Distanz dankbar genießen dürfen. Der Mensch steht klar in der Verantwortung: Er muss wieder lernen, wie er sich korrekt verhält, wenn er sich im Reich eines großen Räubers aufhalten will.

In meinem zweiten Jahr in Kanada etwa war ich mit einem Kumpel an einem Fluss in Alaska unterwegs. Wir hatten Verpflegung dabei, wollten unser Frühstück aber durch die Gaben der Natur bereichern. Wir suchten uns ein gemütliches Plätzchen, deponierten unseren Rucksack und gingen zum Fluss. Wir hatten es auf Dolly Vardens abgesehen, eine Saiblingart, die während der Lachssaison besonders einfach zu fangen ist.

Nach fünf Minuten schon kehrten wir mit zwei prächtigen Rotgepunkteten und gut gelaunt zu unserem Lager zurück, wo uns allerdings ein Bär erwartete. Unseren Proviantrucksack, den wir am Boden zurückgelassen hatten, hatte er in den wenigen Minuten unserer Abwesenheit nicht nur entdeckt, sondern bereits wie eine Gänseblume zerpflückt. Als wir auftauchten, schoss er hoch und galoppierte erschreckt davon.

Einmal mehr also hatte ich aus Gedankenlosigkeit und Unwissenheit eine Begegnung mit einem Bären herbeigeführt. Einzige positive Erkenntnis aus diesem Erlebnis: Schon wieder also hielt das Klischee des grundsätzlich menschenfressenden Bären der Realität nicht stand. Und vielleicht sollte ich eine in einem früheren Kapitel getätigte Aussage revidieren: Möglicherweise hat es gar nichts mit Glück zu tun, dass mir in meinen ersten naiven, unvorsichtigen Jahren im Bärenland nichts passiert ist. Und vermutlich hat Timothy trotz seines verantwortungslosen Handelns während mehr als zehn Jahren nicht zufällig Tausende von Bärenbegegnungen unbeschadet überstanden. Möglichweise liegt der Grund dafür vielmehr in einer Toleranz des Bären uns Menschen gegenüber, die so gar nicht zu seinem medialen Schreckensbild passt.

In sehr dichten Bärenpopulationen in Alaska und Kamtschatka habe ich erlebt, dass Küstenbärenweibchen bewusst unsere Nähe suchten, ihre Jungen bei uns Menschen ließen, um dann unbekümmert Lachs zu fangen. Ich maße mir nicht an, zu wissen, was in einem Bärenkopf vorgeht, aber Tausende Bärenbegegnungen haben mir deutlich gemacht, dass uns diese Tiere normalerweise weder als Futter betrachten noch als Konkurrenten oder gar Feinde. Im Gegenteil scheinen sie zu wissen, dass Bärenjunge in unserer Obhut vor Angriffen männlicher Bären sicherer sind, als wenn sie allein gelassen würden.

Eine ähnliche Sicherheit suchen Bärenmütter auch unter sich, wie ich schon beobachten konnte. An einem heißen Augusttag sah ich an der Küste von Alaska eine Bärenmutter, die in einem Fluss nach Lachs suchte. Ihre drei Jungen vergnügten sich währenddessen selbstvergessen umhertollend auf einer Sandbank. Die Bärin hatte kein Anglerglück, es schwammen kaum Fische im Fluss. Schließlich gab sie auf, stieg aus dem Wasser und marschierte auf den nahen Waldrand zu, ohne sich nach ihren Jungen umzublicken, die noch immer vergnügt miteinander balgten.

Plötzlich kam eine andere, ältere Bärin aus dem Wald. Die junge Mutter hielt kurz inne, schaute sie kurz an und verschwand im Wald, während die Alte gemächlich zum Fluss spazierte. Ohne zu zögern, steuerte sie die Sandbank an und setzte sich einen Steinwurf von den Jungbären entfernt hin. Ich war verblüfft: Die Welpen zeigten nicht die leiseste Reaktion, sie beachteten den Neuankömmling nicht und ließen sich keinen Moment in ihrem Spiel stören. Da ging mir ein Licht auf: Bei der alten Bärin musste es sich um die Großmutter der Kleinen handeln. Die Oma hatte von ihrer Tochter die Betreuungsaufgabe für die Enkel übernommen, damit diese anderswo nach Nahrung suchen konnte. Es war augenfällig, dass sich alle Protagonisten kannten. Ich war Zeuge eines veritablen Babysittings unter wilden Bären geworden.

Dass Bärenmütter, die als die gefährlichsten Individuen einer Bärenpopulation gelten, dieses Verhalten gleichermaßen gegenüber Menschen zeigen, ist ein besonders schönes Beispiel für die Möglichkeit einer friedlichen Koexistenz von Mensch und Bär; gelegentlich mag sie sogar ein Quäntchen Kooperation beinhalten.

An die Stelle von Timothys Gleichmacherei sollten wir Respekt und Anerkennung setzen. Mein Anspruch und der Grund meiner Arbeit ist die Idee einer Menschheit, die wieder mit der Natur und ihren Geschöpfen koexistiert. Ich möchte in Erinnerung rufen, dass wir uns von anderen Arten unterscheiden, aber deswegen nicht besser oder schlechter sind als sie.

Finding Sky

Kamtschatka, 2010. Sechs Jahre sind vergangen seit meinem russischen Abenteuer, und ich bin besessen von der Idee, an den Kambalnoy-See zurückzukehren, um Sky oder ein anderes meiner Bärenkinder wiederzufinden. Als ich Andrea von meinem Projekt »Finding Sky« erzähle, ist sie begeistert von der Idee und beschließt, mich zu begleiten.

Während der ersten zwei Jahre nach der Trennung von ihrer Mutter suchen sich Bären ihr Streifgebiet aus. Haben sie sich einmal etabliert, bleiben sie recht standorttreu. Da Charlie Buck und Sky während ihres zweiten Sommers in der Region der Hütte begegnet ist, besteht die Möglichkeit, dass die beiden noch immer dort anzutreffen sind. Ich rechne mir aus, dass sie sich zeigen und sich ein Bild von der Situation machen wollen, sobald sie den Helikopter hören und menschliche Aktivitäten rund um die Hütte feststellen. Und Sky wird mich bestimmt an meiner Stimme erkennen, auch nach sechs Jahren. Schon oft hat mich die Intelligenz und das ausgezeichnete Gedächtnis der Bären überrascht. Ich überlege mir, denselben Pullover zu tragen wie damals, um den Tieren das Wiedererkennen zu erleichtern. Vielleicht muss auch der Vollbart fallen, den ich mir unterdessen zugelegt habe.

Die Bären sind unterdessen zwar ausgewachsen und haben sich äußerlich stark verändert, aber zumindest Buck sollte ich erkennen können. Er ist der Einzige von allen, der am rechten

Ohr eine blaue Markierung trägt. Immer vorausgesetzt, dass er diese nicht verloren hat.

Das Projekt nimmt gegen Ende des Jahres 2009 Formen an. Alles hängt davon ab, ob die russischen Behörden ihren Segen zu meinem neuerlichen Aufenthalt geben – und zu welchem Preis. Als die Erlaubnis eintrifft, ist meine Freude riesig und wird einzig durch die horrenden Kosten etwas gedämpft. Die Reise ist nur finanzierbar, weil ich sieben Teilnehmer führen darf und alle sich die Kosten für Parkgebühren, den obligatorischen bewaffneten Parkinspektor und natürlich den teuren Helikopterflug teilen. Der russische Staat erhebt außerdem Gebühren für die sogenannte Fotolizenz: Steht man auf Kamtschatka morgens um 5.30 Uhr auf, um den Sonnenaufgang zu fotografieren, gilt man als professioneller Fotograf und hat eine Gebühr zu entrichten. Doch letztlich ist all dies ein geringer Preis für das Privileg eines erneuten Besuchs am Kambalnoy-See.

Petropawlowsk ist mir immer noch vertraut. Wenig hat sich verändert seit meinem letzten Besuch, und ich führe Andrea durch die Gassen der Stadt, zeige ihr Gebäude und Marktstände – überall gibt es Lachs und Lachskaviar, extrem schmackhaft, von sehr dunklem Rot und stark gesalzen. Einige Tage später treffe ich meine Reisegruppe und den Parkinspektor, und kurze Zeit später sind wir bereits in der Luft und auf dem Weg zur Hütte am Kambalnoy-See. Nach sechs langen Jahren zieht endlich wieder die menschenleere Wildnis unter mir vorüber. Ich bin ziemlich aufgeregt.

Sobald der Helikopter uns abgesetzt hat und verschwunden ist, umfängt mich wieder die unbeschreibliche Ruhe dieser Gegend. Ich beobachte meine Reisegruppe und erfreue mich an ihrem Staunen. Die von Charlie aufgegebene Hütte scheint intakt und sieht von außen aus wie damals. Sie ist jedoch fast leer geräumt, vermutlich von Wilderern. Charlie hat sie nicht abgeschlossen, darum mussten die Diebe keine Fenster oder Türen aufbrechen. Wir beziehen die Hütte, bereiten unsere Nachtlager vor, und anschließend mache ich die Gruppe mit der näheren Umgebung unserer Unterkunft bekannt.

Es herrscht eine zauberhafte Stimmung: Das Sonnenlicht spiegelt sich in den Wassertröpfchen des leichten Nebels, sodass wir den Himmel wie durch einen milchigen Schleier sehen. Vor dem Nebel über dem Wasser des Sees zeichnet sich der dunkle Schemen eines großen Bärs ab, der das Seeufer nach Fisch absucht, im Vordergrund eine üppige Blumenwiese voller gelber Greiskrautblüten. Ich hole meine Filmkamera hervor, um den magischen Moment festzuhalten, da dreht sich der Bär um und trottet über die Blumenwiese davon, einen Schleier aus Millionen fein perlender Nebeltropfen hinter sich herziehend. Plötzlich tritt an seiner Stelle eine Bärin aus dem Dunst, gefolgt von drei Jungen, und kaum fünf Meter weiter taucht ein anderes Weibchen mit zwei Jungen auf. Vermutlich haben sie uns alle längst bemerkt, aber sie machen sich nichts aus unserer Anwesenheit, zeigen keinerlei Stressverhalten. Wir gehen hinunter zum Seeufer, wo wir auf eine weitere Bärenmutter stoßen, die mit ihren beiden etwa zweijährigen Jungen das Seeufer nach Fisch absucht. Zauberhaft. Alles.

Unsere täglichen Wanderungen bescheren uns etliche weitere Erlebnisse der unvergesslichen Art. Ich zeige meiner Gruppe viele meiner vor sechs Jahren entdeckten Routen und Orte, erzähle von den Erlebnissen mit »meinen« Adoptivkindern und ihren wilden Artgenossen. Gleichzeitig habe ich aber stets meinen Plan im Hinterkopf, nämlich ein Braunbärenweibchen zu finden, das ungefähr sechs Jahre alt und möglicherweise mit frischen Jungbären unterwegs ist und Sky sein könnte. Jeden Tag sehen wir zwischen zwanzig und fünfundzwanzig Bären, darunter viele Weibchen in Skys Alter, viele von ihnen mit Jungtieren unterwegs, aber Sky kann ich nicht identifizieren. Es ist möglich, dass wir Buck begegnet sind, sicher bin ich mir aber nicht. Der Bär, der dafür infrage kommt, scheint zu jung. Auf alle Fälle ist er sozusagen unser Hausbär. Immer wenn wir zum See gehen, sucht er unsere unmittelbare Nähe. Es gibt zwei andere, heißere Kandidaten, die dem gesuchten Profil in Alter, Geschlecht, Größe und Verhalten eher entsprechen. Doch ob es sich bei einem von ihnen wirklich um Buck handelt, kann ich nicht mit Bestimmtheit sagen, denn ich kann an ihnen weder die blaue Ohrmarke entdecken noch mit Bestimmtheit sagen, ob sie früher eine getragen haben könnten.

Einmal stehe ich unweit des Sees mitten in einer Wiese und zähle achtzehn Bären, die sich an den saftigen Krähen- und Blaubeeren laben. Im Vergleich zum Sommer 2004 ist ihre Individuenzahl deutlich größer geworden, und die Alters- und Populationsstruktur scheint sehr gesund. Wir finden Bären jeden Alters und Geschlechts: Mütter mit ein-, zwei- und dreijährigen Jungen, Halbstarke, die allein oder mit Geschwistern unterwegs sind, Weibchen ohne Jungen, Männchen jeden Alters. Diese überwältigende Bärendichte so zu erleben, ist höchst ermutigend. Die einzigen Menschen in dieser wunderschönen Landschaft voller Bären ist unsere kleine Gruppe. Wohl kein anderer Mensch wird diese Szenerie während dieses Sommers sonst noch stören, viele der Bären hier sind heute vermutlich erstmals einem von unserer Art begegnet. Ich betrachte es als großes Geschenk, an diesem Ort sein zu dürfen. Ich stelle fest, dass für mich die Frage immer unwichtiger wird, ob ich Buck oder Sky, Gina oder Sheena wieder begegnen werde. Natürlich wäre es schön, einen von ihnen mit Sicherheit zu identifizieren, viel stärker im Vordergrund steht für mich aber die Erkenntnis, dass sie, immer vorausgesetzt, sie haben alle überlebt, in einer Braunbärenpopulation leben dürfen, die ohne menschliche Einflüsse gedeihen darf, gesund und ganz offensichtlich im Wachstum begriffen ist. Der erneute Abschied vom Kambalnoy-See rückt näher, aber exakt am Tag unsrer Abreise verdüstert sich der Himmel. Ein gewaltiger Sturm kommt auf und schüttelt unsere Hütte kräftig durch. Wir kleben an den Scheiben und betrachten fasziniert, wie der Sturm über die Wiesen fegt und das Wasser des Sees aufpeitscht. Ich stelle mir vor, wie draußen Hunderte von Bären dem Wüten der Natur gelassen trotzen, wie sie sich, wenn der Sturm vorüber ist, das Nass aus ihrem Fell schütteln und sich unbeirrt wieder auf die Suche nach Lachs und Beeren machen werden. Auch am zweiten Tag nach dem geplanten Rückflugtermin sitzen wir noch immer in der Hütte fest, während Wind und Regen gnadenlos auf diese eindreschen. Mich stört das nicht im Geringsten: Jede zusätzliche Stunde an diesem wunderbaren Ort ist ein Geschenk. Drei Tage haben wir unseren Aufenthalt bereits überzogen, und unsere Vorräte gehen allmählich zur Neige.

Als der Himmel aufklart, rufe ich mit dem Satellitentelefon in Petropawlowsk an, um mich nach der Ankunft des Helikopters zu erkundigen. Man teilt mir mit, dass wieder durchgehend schönes Wetter herrscht, dass aber wegen eines Besuchs des russischen Ministerpräsidenten Wladimir Putin der Luftraum über der ganzen südlichen Halbinsel gesperrt sei. Der Regierungschef sei mit seinem Tross in zwei großen Armeehelikoptern auf dem Weg zum Kurilensee, um Bären zu beobachten. Tikhon Shpilenok, der Direktor des Yuzhno-Kamtschatka-Reservats, versichert mir später in Petropawlowsk, dass Putin ihm versprochen habe, etwas für den Schutz der Bären auf Kamtschatka zu unternehmen, insbesondere in Bezug auf die Wilderei. Das ist schön zu hören, falls es sich nicht um ein weiteres politisches Versprechen handelt, das in erster Linie gemacht wurde, um gebrochen zu werden.

Gegen Mittag wird die staatlich verordnete Flugsperre aufgehoben, und drei Stunden später dringt ein tiefes Brummen zu uns: der Helikopter. Mit unseren längst gepackten Siebensachen gehen wir zum Landeplatz. Piloten und Bordingenieur bleiben nach russischer Art in der Maschine sitzen, machen uns so klar, dass wir unser Gepäck bei laufenden Rotoren in den Helikopter wuchten müssen und selber für deren sichere Befestigung verantwortlich sind. Keine einfache Aufgabe, die uns offenbar zu viel Zeit kostet, denn man herrscht uns aus dem Cockpit an, endlich die Türen zu schließen, und noch ehe ich mich setzen kann, befinden wir uns in der Luft. So kann ich mich kaum von meinem geliebten Paradies verabschieden, werde abrupt aus der Wildnis herausgerissen und in die Zivilisation zurückgeschleudert. Ein letzter Blick auf die Hütte, dann hüllt der Nebel sie ein. Während des ganzen Fluges sind wir damit beschäftigt, eine Wand von Gütern in Schach zu halten, die auf uns herunterzustürzen droht. Der Helikopter hat offenbar schon anderenorts Fracht aufgenommen, die nur notdürftig festgezurrt worden ist. Dadurch haben wir auf unserer Kamtschatka-Reise doch noch ein gefährliches Abenteuer zu überleben, das allerdings gar nichts mit wilden Bären zu tun hat, sondern mit Nachlässigkeit. Endlich in Petropawlowsk angekommen, sind wir erleichtert, unversehrt aus der orangeblauen Riesenlibelle klettern zu können und wieder festen Boden unter den Füßen zu haben.

Nachdem die Mitglieder meiner kleinen Reisegruppe in Richtung Heimat aufgebrochen sind, machen Andrea und ich uns auf eine zweite Reise, die mir bewilligt worden ist. Diesmal geht es an die Westküste Kamtschatkas, wo ich mir ein Bild der Bärenpopulation und der Fischgründe machen will. Kaum dem einen Schüttelbecher entronnen, lassen wir unsere sämtlichen Glieder von einem Bus nach Ust-Bolscheretsk, einem größeren Dorf an der Westküste, durchrütteln. Von dort aus wollen wir zu Fuß und per Autostopp entlang der Westküste in den Süden gelangen. Eine Straße gibt es nicht. Die wenigen Autos, die hier auftauchen, fahren dem Strand entlang, und manchmal vergeht ein Tag, bis wieder ein Fahrzeug vorbeikommt. Der einzige Grund, warum es hier überhaupt Verkehr gibt, sind die Lachse. Die Flüsse sind voll von ihnen, zu Abermillionen schwimmen sie auf ihren Laichzügen die Flüsse hinauf und ziehen Angler an.

Wir haben Glück. Nachdem wir einige Stunden unterwegs sind, tauchen am Horizont drei Jeeps auf. Sie halten an und nehmen uns mit. Es sind Russen auf einer Expedition entlang der Küste zum Südzipfel, über Dünen, Wiesen und Bäche hinweg. In der Abenddämmerung gelangen wir zu einem der breitesten Flüsse Kamtschatkas, dem Opala. Die vier Männer beginnen Holz zu sammeln, wir helfen mit. Bald haben wir einen Haufen zusammen, den der offensichtliche Anführer, er heisst Wladimir, mithilfe hochgradigen Wodkas in Brand setzt. So sitzen wir am Flussufer, warten auf die Fähre und wärmen uns am Feuer. Die Nacht ist kalt, ein schneidender Wind pfeift uns unablässig um die Ohren. Einer nach dem anderen öffnen die Fahrer der drei Jeeps die Heckklappen ihrer Fahrzeuge und holen weitere Wodkaflaschen und Lachs hervor. Bald sind wir davon so gewärmt und gesättigt, dass kein Wind der Welt uns mehr hätte frieren lassen können. Die Russen sprechen kaum ein Wort Englisch, und mein Russisch reicht auch nicht weit, trotzdem stellt sich heraus, dass die Männer Charlie kennen und ihm unbedingt eine

Nachricht übermitteln wollen. Ich stelle also meine Videokamera auf und filme unseren kleinen Trupp, wie er vor dem Feuer steht. Die vier heben ihre Wodkagläser und schreien in stolzem Englisch aus voller Kehle: »Charlie, we remember!«

Irgendwann kommt die Fähre. Sie kann nur ein Auto auf einmal mitnehmen und muss demnach dreimal übersetzen, bis wir alle drüben sind.

Die Menschen hier sind extrem gastfreundlich. Andrea und ich haben kleine Geschenke mitgebracht, unter anderem Wodka, doch die Bewohner des Fischercamps auf der anderen Seite des Opala wollen nichts davon entgegennehmen. Überall auf dem Weg Richtung Süden werden wir auf solche Ansammlungen halbstationärer Siedlungen treffen, wo sich während der Sommermonate Angler in Wohnwagen und provisorischen Hütten niederlassen. Und überall laden sie uns ein, mit ihnen zu essen, bei ihnen zu übernachten, auch weil sie sich wegen möglicher Bären Sorgen um uns machen, wenn wir im Zelt übernachten. An einem der nächsten Abende – weiterhin reisen wir mit den Männern in den Jeeps – lädt uns ein Mann namens Pjotr in seinen Wohnwagen ein. Auch er lehnt jegliches Gastgeschenk ab, dafür habe ich den Eindruck, als würde er uns am liebsten gleich sein ganzes Hab und Gut schenken, so herzlich, großzügig und zuvorkommend ist er. Ich versuche, mich mittels meiner paar Brocken Russisch mit ihm zu unterhalten, und er steuert seine wenigen englischen Ausdrücke bei. Ich will mit ihm über einen Missstand sprechen, der hier ein riesiges Problem darstellt: Fast alle Menschen im Süden Kamtschatkas leben von der Wilderei, und am stärksten wildern sie den Lachs. So versuchen wir, mit Händen und Füßen zu kommunizieren, bis er unvermittelt auf mich zeigt und fragt: »Greenpeace?«

Ich strahle und bestätige: »Yeah, Greenpeace!«

Augenblicklich verfinstert sich seine Miene, und sichtlich erregt ruft er: »Blocha! Blocha!« Pjotr versteht nichts von Schweizer Politik, die Ähnlichkeit in Klang und Bedeutung ist rein zufällig: »Blocha« ist das russische Wort für »schlecht«. Wir finden heraus, dass Greenpeace für die hiesige Bevölkerung ein Schimpfwort ist. Doch Pjotr ist ein gutmütiger Mann, und nachdem er ein wenig seinem selbst gebranntem Wodka zugesprochen hat, verflüchtigt sich seine schlechte Laune rasch wieder.

Noch immer können wir mit unseren neuen Freunden Richtung Süden fahren und treffen an der Mündung jedes größeren Flusses wieder auf ein Fischercamp. Und wir bekommen zu Gesicht, wie die Küstenfischerei hier funktioniert: Ohne jegliche Regulierung werden die Lachsschwärme mit riesigen Netzen erbarmungslos abgeschöpft. An jedem Fluss stehen Dutzende von Fischern, sie holen Netz um Netz voll von zappelnden Lachsen aus dem Wasser. Die Küste wird minutiös leer gefischt, und alles, was hier aus dem Wasser geholt wird, ist gewildert. Die Tiere werden zu Fischverarbeitungsanlagen in Osernoja oder Oktjabrski gebracht. Ihr Fleisch wird in Büchsen konserviert, in erster Linie aber interessiert der Kaviar der Weibchen: Er wird gesalzen, eingemacht und nach Russland, Japan und Südkorea verschifft, wo er als Delikatesse in den Handel gelangt.

Was ich hier erlebe, übertrifft meine schlimmsten Erwartungen. Das Wildern von Bären in Kamtschatka ist zwar zurückgegangen, doch weitaus schlimmer ist die Wilderei der Fische, die, in diesem Ausmaß betrieben, in wenigen Jahren schon zum Kollaps führen wird. Denn verschwinden die Lachse an den Küsten, werden sich die ganzen Ökosysteme dramatisch verändern: Alle Tiere, die in der Nahrungskette über dem Lachs stehen, Seehunde und Fischotter also, ebenso wie Orcas, Delfine und unzählige Meeresvögel, werden verschwinden oder zumindest stark dezimiert werden. Die Auswirkungen werden einschneidend sein und natürlich auch den Bären treffen.

Wir ziehen weiter und erreichen nach eineinhalb Tagen Fahrt das Dorf Osernoja. Hier verabschieden wir uns von unseren neuen russischen Freunden, bedanken uns für die lange Fahrt, zu der sie uns eingeladen haben, und finden kurz darauf bereits eine andere Mitfahrgelegenheit: Ein Truck nimmt uns mit ins Landesinnere nach Pauschetka an der Grenze des Yuzhno-Kamtschatka-Reservats. Nun bleiben Andrea und ich nur noch etwa zwanzig Kilometer bis zum Kurilensee, unserem letzten Ziel, zu wandern. Hier also hat sich auch Wladimir Putin vor nur gerade drei Tagen aufgehalten. Und wahrlich, man hat dem Premierminister den richtigen Ort für sein Bärenabenteuer präsentiert! Die Braunbärenpopulation hier ist von immenser Dichte, schon kilometerweit vom See entfernt sichten wir ein Tier ums andere. Unmittelbar am Seeufer, unweit der Osernoja-Flussmündung, sind Zelte aufgeschlagen und hinter einem weiträumig ausgelegten Elektrozaun gesichert. Eine Forschungsstation. Nicht für Bären allerdings, sondern für Lachse. Hier werden die Tiere gezählt – bis zu sechs Millionen Rotlachse laichen im See und in dessen Nebenflüssen.

Abgesehen vom Reservatsinspektor und den Forschern gibt es weit und breit keinen Menschen. Der Inspektor heißt Alexei, ein Mann von dreiundzwanzig Jahren, der sich als äußerst angenehmer und herzlicher Kerl entpuppt. Er hat Jura studiert und erweist sich in seinem sorgfältigen Umgang mit der Natur als ausgesprochen untypischer Russe. Als wir auf einem Pfad unterwegs sind, hebt er doch tatsächlich Abfall vom Boden auf. Das habe ich noch nie zuvor einen Russen tun sehen.

Offensichtlich hat sich doch das eine oder andere zum Positiven gewendet, seit ich mit Charlie 2004 in Kamtschatka gewesen bin. Damals haben die Reservatsinspektoren noch Hand in Hand mit den Wilderern zusammengearbeitet. Und nun erzählt uns Alexei, wie er immer wieder Wilderer auf frischer Tat ertappt, die letzten vor sieben Wochen an der Grenze zum Reservat, genau dort, wo Andrea und ich es betreten haben. Er hatte Schüsse gehört und dann auf seinem Kontrollgang zusammen mit einem Kollegen gleich vier Wilderer erwischt, die sich mit zwei erlegten Bären davonmachen wollten. Die vier jungen Männer haben später sogar gestanden, dass sie im Auftrag des Besitzers der örtlichen Fischfabrik gewildert hatten. Heute also sorgen die Reservatsinspektoren tatsächlich für den Schutz der Wildtiere. Ein ermutigendes Signal, das mir Hoffnung macht und das ich unbedingt Charlie mitteilen muss. In den letzten Jahren haben die verantwortlichen Personen hier ganz offensichtlich ein Bewusstsein für die Belange der Umwelt entwickelt. Nicht zuletzt ist dies ein Verdienst von Tikhon Shpilenok, dem Direktor des Reservats, der unermüdlich am Gesinnungswandel seiner Landsleute arbeitet.

Nach unseren wunderbaren gemeinsamen Wildniserlebnissen kehre ich nach Kanada zurück, wo ich Guiding-Aufträge zu erfüllen habe, während Andrea in die Schweiz fliegt. Wenige Tage nach meiner Rückkehr in die Rockies fliege ich mit einer kleinen Gruppe in den Assiniboine-Park, um dort Grizzlys zu beobachten. Am Morgen der geplanten Abreise ist der Himmel mit dicken, schwarzen, tief hängenden Wolken überzogen, die einen Helikopterflug verunmöglichen. Wir müssen unsere Abreise um einen Tag verschieben, was mir die Gelegenheit gibt, noch einmal mit Andrea zu telefonieren. Sie überrascht mich mit einem freudigen »Reno, wir sind schwanger!«. Ich kann mein Glück kaum fassen: In meinem liebsten Bärenland, mitten in der Wildnis Kamtschatkas, haben wir ein Kind gezeugt. Am selben

Tag zeichnet die Natur wie zur Feier dieses Ereignisses auf der gegenüberliegenden Talseite einen Regenbogen nach dem anderen in den blauschwarzen Himmel. Der Regenbogen war für Andrea und mich schon immer ein Symbol unserer Verbundenheit, so viele auf einmal aber habe ich noch nie zuvor gleichzeitig leuchten sehen.

Der Braunbär in der Schweiz

Der letzte Schweizer Braunbär wurde 1904 erschossen. Hundert Jahre lang hatte die Schweiz danach keinen Bären mehr gesehen, als vor wenigen Jahren plötzlich vereinzelt Tiere ins Land einzuwandern begannen. Steht uns eine Wiederbesiedlung bevor? Hat es bei uns überhaupt noch Platz für dieses Tier, in der Landschaft und den Köpfen der Menschen?

Ein kleiner Denkanstoß für Skeptiker: Der Steinbock, das Wappentier des Kantons Graubünden, war Anfang des 20. Jahrhunderts im gesamten Alpenraum so gut wie ausgerottet. Dem Sympathieträger, der für den Bündner Tourismus so humorvoll die Werbetrommel rührt, wurde aber im Rahmen eines 1911 in der Schweiz lancierten Wiederansiedlungsprojekts wieder auf die Beine geholfen. Alle heute in den Alpen lebenden Steinböcke entstammen einer Restpopulation von rund hundert Tieren, die in Italien überlebt hatten. Mit rund 15 000 Exemplaren allein auf Schweizer Boden gilt die Art heute als gesichert. Wäre dies auch mit dem Bären möglich? Es müssten ja nicht gleich 15 000 sein!

Der Steinbock wurde primär aus finanziellen Gründen wieder angesiedelt. Die Menschen versprachen sich ökonomischen Nutzen hinsichtlich Jagd und Tourismus. Bären hingegen, so ist man hierzulande überzeugt, würden keinen finanziellen Effekt erzielen. An Bärentourismus glauben die wenigsten.

Die ersten zaghaften Zeichen der Rückeroberung durch Wildtiere erfüllen mich mit Hoffnung. Dass Bären spontan einzuwandern beginnen und hier bleiben, ist ein schlagender Beweis für die hohe Qualität unserer Lebensräume. Und nicht nur einzelne Bären zeigen sich auf Schweizer Boden, auch besuchen uns immer öfter französische und italienische Wölfe, und die Luchse fühlen sich bei uns schon länger wieder heimisch. Gewiss, noch ist ihre Zahl nicht besonders gross, aber ihr Überleben zeigt, dass trotz der dichten Besiedlung der Schweiz Lebensraum von ausreichender Qualität für sie vorhanden ist.

In der Schweiz hat es Platz für ein Paar Dutzend Braunbären. Ihren idealsten lokalen Lebensraum sehe ich im Tessin. Dort gibt es ausreichend Wildnis und immer weniger Schafherden. Der Tessiner Wald bietet eine hervorragende Lebensraumqualität: Mischwälder an steilen Hängen mit viel Futter: Kastanien, Buchen, Eichen, ein Bärenschlaraffenland sozusagen! Die Lebensraumqualität der Tessiner Alpen ist aus Sicht der Braunbären höher als derjenige in den kanadischen Rockies. Während ein Bärenweibchen in den Rocky Mountains ein Streifgebiet von vielleicht tausend Quadratkilometern benötigt, genügen ihm in einem futterreichen Lebensraum wie dem Tessin bereits circa zweihundert. Und so viel Platz ist auch in der Schweiz noch vorhanden.

In der norditalienischen Provinz Trentino, gleich jenseits der Grenze, leben die italienischen Braunbären in einem sehr ähnlichen Lebensraum. Die Dolomiten zählen zu den Südalpen, und obschon sie für den Tourismus gut erschlossen sind, kommen sich Bär und Mensch selten ins Gehege – die für Bären idealen Steilhangwälder sind den Touristen zu beschwerlich. Hier ist man den Bären gegenüber offen. Die Provinzhauptstadt Trient (Trento) hat den prächtigen Räuber gar zu seinem offiziellen Maskottchen erkoren. Auf den Fahrzeugen des lokalen Taxiunternehmens prangt ein Bärenlogo, auf der Zeitung ebenso.

Der Bär ist hier omnipräsent und wird von weiten Teilen der Bevölkerung akzeptiert.

Ich glaube, dass die Mentalität der Tessiner sich nicht grundsätzlich von derjenigen ihrer direkten italienischen Nachbarn unterscheidet und der Bär deshalb auch in der Südschweizer Bevölkerung eine breite Akzeptanz finden könnte. Ich bin außerdem entgegen landläufiger Ansicht der Meinung, dass Bären auch das Tourismusland Schweiz um eine zusätzliche Facette bereichern würden. Bärentourismus funktioniert überall sonst auf der Welt, wo er ausprobiert wurde, warum sollte dies ausgerechnet bei uns nicht der Fall sein? Natürlich könnte man Bären nicht wie an einem Küstengebiet Alaskas in relativ hohen Konzentrationen bewundern und beobachten, doch nur schon das Finden von Bärenspuren wie Haaren an einem Ast, einer Fährte oder Kot würde viele faszinieren.

Vielleicht bin ich etwas blauäugig bezüglich der Chancen für den Bären in der Schweiz. Ich erhalte aber von vielen Schweizerinnen und Schweizern Sympathiebekundungen für ihn, und genau das ist der Bär nämlich: ein Sympathieträger. Der neue Bärengraben in Bern hat riesigen Zulauf, der Bär ist das stolze Wappentier der Hauptstadt, in fast jeder Schweizer Ortschaft gibts ein Restaurant Bären, renommierte Versicherungen verwenden das mächtige Tier als Werbeträger. Und wer hatte als Kind keinen Teddy unterm Arm? Ich kenne niemanden.

Der 2008 im Engadin abgeschossene italienische Einwanderer, dem unsere Behörden den Namen JJ3 gaben, war nicht der Typ Bär, der sich für Schweizer Lebensräume eignet. Er hat sich zu auffällig verhalten, zu wenig Scheu vor dem Menschen gehabt. In dicht besiedelten Regionen wie dem Trentino und der Schweiz haben nur unauffällige Bären eine Chance, solche wie MJ4, der sich zeitgleich wie JJ3 in der Schweiz aufhielt, aber selten gesehen wurde und nur ein paar Schafe riss. Er fand genügend andere Nahrung und hielt sich während eines Großteils des Sommers und wahrscheinlich auch den Winter über fast unbemerkt in der Schweiz auf. Für solche Bären ist Platz bei uns vorhanden.

Einige Erfahrungen zeigen mir, dass sogar die hartgesottensten Gruppen unter den Bärengegnern umzudenken beginnen. So etwa die Jäger. Ich habe sie als notorische Gegner von allem kennen gelernt, was ihnen auch nur ein einziges Stück Wildbret streitig machen könnte. Aber vor drei Jahren wurde ich von einem Engadiner Jagdverein eingeladen, einen Bärenvortrag zu halten. Als ich den Saal betrat, dachte ich:»Oje, die werden mich zum Abschuss freigeben!« Rund hundertzwanzig Jäger hatten Platz genommen, als ich mit meiner Multimediashow loslegte, ungewohnt zaghaft und nervös. Doch meine Angst war unbegründet: Anstelle der erwarteten bösen Kommentare erhielt ich ausschließlich positive Rückmeldungen! Ich fragte die Männer, warum sie mich eingeladen hatten. Und einer der Jäger antwortete:»Der Bär kommt, das ist Realität. Da müssen wir doch wissen, was für ein Tier er ist.« Logisch, nicht wahr?

Die andere Gruppe vorwiegend vehementer Bärengegner der Schweiz sind die Schafzüchter. Etliche unter ihnen betreiben die Schafzucht nicht etwa zum Broterwerb, sondern hobbymäßig. Schafzüchter sind zugleich die Einzigen, die durch das Auftreten des Bären in der Schweiz tatsächlich gelegentlich Schaden nehmen. Wenn einer von ihnen zwanzig Tiere verliert, weil ein Bär sie in einen Abgrund getrieben hat, dann verstehe ich seinen Unmut, denn dann geht es um seine Existenz. Allerdings ist das Geschrei um gerissene Schafe auch unter diesem Aspekt unverständlich: Jedes gerissene Schaf wird vom Staat zu einhundert Prozent finanziell abgegolten!

Hinzu kommt, dass ein solcher Verlust in keinem Verhältnis steht zu den andern »natürlichen« Verlusten der Schafzüchter: Jedes Jahr gehen zwischen 8000 und 12 000 der 250 000 in den Schweizer Alpen gesömmerten Schafe an Krankheiten und durch Abstürze zugrunde. Insbesondere deshalb, weil die Herden kaum beschützt werden. Die reißerischen Berichte der Medien verschweigen diesen Umstand meist. Dabei – Hand aufs Herz – müsste nicht den Schafhaltern vorgeworfen werden, dass sie ihre Schafe nicht vor dem Bären schützen? Statt dem Bären oder den Wölfen vorzuwerfen, dass sie das tun, was sie tun müssen, um zu überleben. Nämlich fressen. Sobald sie sich auch nur ein einziges Schaf genehmigen, würde man am liebsten umgehend zur nationalen Treibjagd blasen. Der Staat dürfte Alpungsbeiträge eigentlich nur an Besitzer von Herden entrichten, die beaufsichtigt werden, ebenso Riss-Entschädigungen und sonstige Subventionen. Alles andere ist missbräuchlich. Finde ich.

Für Bären sind Schafe Zuckerwatte auf vier Beinen. Schafe haben keine Ahnung, was ein Raubtier ist. Sie unternehmen kaum Fluchtversuche, wenn ein Räuber auftaucht, und lassen sich ohne Gegenwehr reißen: Den Räubern präsentiert sich eine viel zu einfach zu erlegende, hochwertige Beute auf dem Silbertablett, und wir ärgern uns darüber, dass die effizienten Wildtiere dankend annehmen? Wenn wir, mehr als gut genährt und übersatt, glauben, uns im hochalpinen Raum Schafe leisten zu müssen, dann sollten wir die Größe haben, marginale Verluste gelassen in Kauf zu nehmen. Denn der Gewinn, den Bären wieder bei uns zu haben, wiegt diese Verluste mehr als auf.

Es gibt ein annähernd hundertprozentig sicheres Mittel, um Schafe vor Wolf- und Bärenattacken zu schützen: Hirtenhunde! Doch die meisten Schafzüchter oder -hirten ergreifen diese Maßnahme nicht.

Letztlich ist die ganze Schweizer Schafzucht eine höchst fragwürdige Angelegenheit. In Höhenlagen von 1000 bis 1800 Metern über Meer erreichen die Alpen ihre höchste Biodiversitätsdichte. Hier kann die Beweidung bestimmter Flächen durch Kühe und Schafe zwar ökologisch wichtig sein, denn die wilden Weidetiere wie Wisent und Auerochse sind durch den Menschen ausgerottet worden. Ganz ohne Beweidung würden diese Flächen verbuschen, und die Biodiversität würde abnehmen. Damit aber diese beweideten Flächen insbesondere von Schafen nicht übernutzt werden, braucht es eine kluge, nachhaltige Herdenführung.

Die unbeaufsichtigte Sömmerung von Schafen hat nichts mit nachhaltiger Herdenführung zu tun. Ebenso wenig hat das Vieh auf unsinnigen Höhen von 2000 bis 3000 Metern etwas zu suchen, wo weit über der Baumgrenze keine Verbuschung möglich ist. Die Schafe beeinflussen dafür hochsensible Lebensräume von internationaler Bedeutung massiv und gefährden in den Alpen endemische Tier- und Pflanzenarten.

Viele Schafzüchter nutzen nicht einmal die Wolle, geschweige denn die Milch oder das Fleisch ihrer Tiere. Dabei werden sie staatlich unterstützt, obschon ihre Aktivitäten der Allgemeinheit in keiner Weise zugutekommen. Jeder Schafhalter erhält Alpungsbeiträge, jedes gerissene Schaf wird abgegolten, darüber hinaus subventioniert man Zäune und andere Schutzmaßnahmen. Insgesamt investiert der Bund jährlich über vierzig Millionen Schweizer Franken in die Schafzucht. Sie ist eben eine gutschweizerische Tradition, die es unreflektiert zu konservieren gilt.

Als der erste Bär der Neuzeit, Lumpaz, im Jahr 2005 über den Ofenpass in die Schweiz einwanderte, fand er die Herden des Bündner Bauern und Schafhirten Jachen Planta mit zwei

Maremmaner-Hunden geschützt vor. Der Bär riss kein einziges seiner Tiere, zog stattdessen weiter und langte zwei Tage später bei einer ungeschützten Herde gleich dreifach zu.

Ich habe in Jachen Planta einen warmherzigen, der Natur gegenüber offenen und dankbaren Schafzüchter kennen gelernt. Er weiß noch, dass alles, was uns reich macht, der Natur entspringt und dass wir ihr deshalb Sorge tragen müssen. Folgerichtig ist er ein respektvoller Bergbauer und Schafhirt, der sich an der Einwanderung der Bären in keiner Weise stört, sich stattdessen Gedanken darüber macht, was er zu unternehmen hat, um seine Herde zu schützen. Nicht einmal das Argument lässt er gelten, dass Schutzhunde mitunter aggressiv gegen Wanderer reagieren, die sich den Herden unvorsichtig nähern. Die Menschen sollen ihr Fehlverhalten korrigieren, findet Jachen. Und er hat recht: Es ist um nichts intelligenter, sich gedankenlos einer durch große Hunde geschützten Schafherde zu nähern, als auf den Gleisen stehend das Eintreffen eines Zugs zu erwarten.

Verantwortungsvolle Menschen wie Jachen Planta sind selten geworden in unserer auf sich selbst fokussierten Menschenwelt; aber es gibt sie, und das macht Hoffnung. Den Bären in der Schweiz wieder als einheimische Art zu akzeptieren, wäre ein sichtbares Zeichen für unsere Reifung, für die Erkenntnis, Teil eines großen Ganzen zu sein: Teil der Natur, aus der wir entstehen und deren Gesetzen wir uns beugen müssen wie jede andere Art auch.

Eines der Zeichen, die mir Hoffnung geben, ist das Bärenkonzept Schweiz: Mit schweizerischer Gründlichkeit – von der man sich in Kanada eine dicke Scheibe abschneiden sollte – wird die Bevölkerung informiert, werden vorbeugend bärensichere Abfallkübel aufgestellt und Bienenhäuser sowie Hühnerställe geschützt – obschon es im Grunde noch gar keine Bären gibt.

Das Konzept der in der Schweiz hergestellten bärensicheren Abfallcontainer wurde übrigens inspiriert durch ein kanadisches Modell, welches ich vor einigen Jahren für den WWF mit in die Schweiz brachte. Die verantwortlichen Schweizer Behörden haben mit diesem Vorgehen Sensibilität und Weitblick bewiesen. Noch bevor sich ein Bär dauerhaft im Land angesiedelt hat, ist man vorbereitet und klärt die Bevölkerung in Bezug auf das korrekte Verhalten ihm gegenüber auf.

Den großen Schönheitsfehler des Schweizer Bärenkonzepts sehe ich im folgenden Grundsatz: »Gegenüber einem Problembären, der eine Vorliebe für Zivilisationsabfälle und Hühnerställe entwickelt, sind Vergrämungsaktionen zu ergreifen.« Das Problem an dieser Idee ist das mangelnde Verständnis für die Verhaltensweise eines Bären: Bricht ein Jungbär in einen Hühnerstall ein, ist es normalerweise bereits zu spät für Vergrämungsaktionen. Ein solcher Bär hat sich schon zu sehr an die Nähe des Menschen und die fette Beute gewöhnt, die in dessen Umgebung zu holen ist. Anstelle von Vergrämung muss Prävention betrieben werden. Der Bär soll sich das unnatürliche Verhalten, Nahrung und menschliche Siedlungen in einen Kontext zu stellen, gar nicht erst aneignen, denn die Umerziehung eines bereits habituierten Bären ist so gut wie unmöglich. Ein wichtiger Schritt in diese Richtung ist das, was Jachen Planta tut: Schafherden mit Hunden schützen, noch bevor sie von einem Bären bedroht werden.

Während Tausenden von Jahren regierte der europäische König der Tiere auch in der Schweiz, lange schon bevor der Mensch zur dominanten Art wurde. Dann sind wir angekommen, okkupierten den Lebensraum, wollten ihn nicht mit dem Bären teilen und rotteten ihn aus – notabene ohne zu überlegen, ob es in seinen Augen genug Platz für Menschen gab im Land.

Seither stellen wir uns hin und behaupten, dass es bei uns keinen Platz für ihn gebe. Diese im Jahr 2011 noch immer oft geäußerte Ansicht vieler Gegner der Neuansiedelung des Bären ist für mich überhaupt nicht nachvollziehbar.

Bärenknigge

In meinem zehnten Sommer unter Bären in Alaska stieß ich auf meinem Heimweg vom Einkauf auf frische Spuren einer Braunbärin mit Jungen. Ich kannte das Weibchen bereits. Sie war oft in der Nähe meiner Hütte, und tags zuvor hatte ich mit ihr und ihren drei Zweijährigen ein paar Stunden auf einer Seggenwiese unweit meiner Hütte verbracht. Unsere täglichen Begegnungen waren stets in gegenseitiger Toleranz und konfliktfrei verlaufen. An diesem Tag verließ ich meinen gewohnten Pfad zur Hütte und folgte stattdessen ihrer Spur. Sie führte der Küste entlang durch den Wald und passierte schließlich die rückwärtige Seite meiner Hütte. Nun ließ ich von der Spur ab und nahm einen völlig zugewucherten alten Pfad, der etwa hundert Meter weit zur Rückseite der Hütte führte, und kämpfte mich durch das Dickicht. Warum ich das tat? Ich weiß es nicht, ich hatte einfach Lust dazu. Endlich trat ich, noch ganz beansprucht von meinem Kampf gegen die Botanik, aus dem dichten Grün auf die kleine Wiese hinter meiner Hütte und stand unverhofft zwei der Jungbären gegenüber. »Jetzt is es so weit. Die Mutter wird …«, dachte ich noch, und schon schoss die Bärenmutter aus vielleicht fünfzehn Metern Entfernung mit gesenktem Kopf und schnell wie ein Zug auf mich zu. Unmittelbar vor dem Kontakt – ich hätte sie, wäre ich zu einer Bewegung fähig gewesen, berühren können – drehte sie ab, rannte zu ihren Jungen und verschwand mit ihnen im Schlepptau im Wald. Die Scheinattacke hatte vielleicht zwei Sekunden gedauert, nach zehn weiteren Sekunden waren die Tiere im Wald verschwunden. Noch ein paar Sekunden später begannen meine Knie derart zu schlottern, dass ich mich auf sehr wackeligen Beinen in die Hütte schleppte. Mein Fehler: Ich war nicht achtsam genug gewesen. Wer sich durch die Wildnis bewegt, sollte immer alle Sinne geschärft haben.

An meinen Vorträgen stellt man mir regelmäßig die Frage nach dem korrekten Verhalten bei einer Konfrontation mit einem Bären. Meine Antwort ist immer die gleiche: Die wichtigste Regel überhaupt ist, die Konfrontation zu vermeiden. Die Menschen denken gern in Zahlen. Begeben sie sich in die Wildnis Alaskas oder der Rocky Mountains, möchten sie die Gefährlichkeit der Bären und den Wahrscheinlichkeitsgrad einer Bärenattacke quantifiziert haben. Offenbar vermitteln Prozentwerte ein Sicherheitsgefühl. Ich kann das zwar persönlich nicht nachvollziehen, komme dem Bedürfnis aber gerne nach, denn meine Erfahrungen aus erster Hand sind ein einziges unmissverständliches Votum für die Bären: Sehr zurückhaltend geschätzt, hatte ich allein im Jahr 2010 weit über tausend Begegnungen mit Bären. In Alaska und Russland lag das Mittel bei wenigstens zwanzig Tieren pro Tag. Wenn man das nun auf die fünfundzwanzig Sommer hochrechnet, die ich unterdessen im Bärenland verbracht habe, kommt man auf mehrere Zehntausend. Viermal in diesen fünfundzwanzig Jahren mündete eine meiner Bärenbegegnungen in einen Scheinangriff (Wahrscheinlichkeit: unter 0,02 Prozent), und gar nur ein einziges Mal musste ich meinen Pfefferspray, den ich immer dabeihabe, benutzen.

Diese Zahlen sollen nicht zu Unvorsicht und Respektlosigkeit im Umgang mit Bären verleiten. Es führt aber kein Weg vorbei an der Feststellung, dass Bären keine grundsätzlich gefährlichen Tiere sind! Und das gilt nicht nur für Menschen mit meiner

Erfahrung, sondern ganz allgemein. Auch ich habe mich oft falsch verhalten gegenüber Bären, dies spricht umso mehr für die Toleranz und das grundsätzlich friedfertige Wesen der Bären. Wie ich mit Bären umgehe, hat nichts mit Kunst zu tun, dafür viel mit dem Wissen um die richtigen Regeln und Verhaltensweisen, mit einem selbstbewussten, bestimmten Auftreten, mit Einfühlsamkeit und Natürlichkeit.

Die erste und wichtigste Regel im Bärenland betrifft die Art und Weise, wie sich der Mensch im Reich des Bären verhalten soll: Er soll sich bemerkbar machen. Und zwar nicht erst, wenn er einen Bären sieht, sondern vorbeugend. Ich habe wiederholt erlebt, dass ich von einem Bären zweifelsfrei bemerkt wurde, dass er mich direkt angeschaut und registriert hat und anschließend ruhig weiterfraß. Als die Windrichtung sich aber änderte und mein Menschengeruch zu ihm hinüberwehte, schreckte er plötzlich auf und rannte weg. Ich habe nur eine Erklärung für solches Verhalten: Die Nase ist das entscheidende Sinnesorgan des Braunbären. Der Geruchssinn trifft die letzte Entscheidung und hat nötigenfalls ein stärkeres Gewicht als andere Sinneseindrücke. Ist man im Bärenland unterwegs, sollte man nicht schleichen, sondern kräftigen Schritts durch die Wildnis wandern, Zweige dürfen – sollen! – unter den Schuhen knacken und Gespräche zwischen den Wanderern laut geführt werden. Ist man allein unterwegs, so ist nichts gegen ein Selbstgespräch oder ein laut geschmettertes Wanderlied einzuwenden. Hauptsache, man wird gehört. Bären haben ein ausgezeichnetes Gehör, und so erhalten sie ausreichend Gelegenheit, sich zu verziehen. Will man Bären sehen, ist davon allerdings abzuraten.

Ich habe eine paar Regeln ausgearbeitet, die ich hier gerne weitergebe.

Regel Nr. 1

Sprich oder sing im Bärenland, um Bären auf dich aufmerksam zu machen. Vor allem in unübersichtlichem Gelände oder in der Nähe laut rauschender Bach- oder Flussläufe. Vermeide so eine Überraschungsbegegnung.

Geben Sie nichts auf die Mär vom Glöckchen; dass es nicht hilft, ist mit mehreren Studien längst bewiesen. Ganz im Gegenteil könnte das Glöckchen des Bären Neugierde wecken, vielleicht hat er sogar schon mal ein Schaf mit einem solchen angetroffen und bringt den Klang deshalb mit Futter in Verbindung. Die menschliche Stimme hingegen vermittelt ihm unmissverständlich, dass er es mit der für ihn gefährlichen zweibeinigen Art zu tun hat.

Bei aller gebotenen Vorsicht kann es trotz angemessenen Eigenlärms zu Begegnungen mit Bären kommen. Insbesondere wenn dem Wanderer der Wind entgegenweht und das laute Rauschen eines reißenden Flusses zusätzlich die Akustik beeinträchtigt, kann es geschehen, dass ihn ein Bär nicht rechtzeitig bemerkt.

Regel Nr. 2

Begegnest du überraschend einem Bären, renne nicht davon. Weil: Bären sind schneller als du! Rede ihm stattdessen ruhig zu.

Wer völlig ruhig einen Weg entlangwandert, kann einen Bären unvermittelt und ungewollt aufschrecken. Neun von zehn betroffenen Bären rennen erschrocken davon. Dass der zehnte stehen bleibt, ist nicht etwa grundsätzlich ein Anzeichen von Aggression, sondern hat in der Regel mit der Situation zu tun: Vielleicht hat man eine Bärin vor sich, deren Junge in der Nähe sind, oder es handelt sich um ein Tier, welches gerade an einem Kadaver frisst. In beiden Fällen hat das Tier vermutlich Angst, entweder um seine Jungen oder um seine Beute. Deshalb sollten wir ihm deutlich zu verstehen geben, dass wir keine Gefahr darstellen. Ihn freundlich und unaufgeregt anzusprechen, ist eine gute Methode:»Hey Bär, es ist alles okay, ich bins nur, ein Mensch. Ich gehe dir aus dem Weg, will dir auch nichts wegnehmen, alles gehört dir, schau, ich bin schon fast wieder weg.« Gleichzeitig zieht man sich langsam und ohne hastige Bewegungen zurück. Der Bär wird den Wanderer, der sich so verhält, in aller Regel nicht behelligen.

Bären sprechen eine eigene Sprache, sie sind zu unterschiedlichen Lautäußerungen fähig, und folgerichtig können sie diese auch werten. Auch die Tonlage der menschlichen Stimme vermögen sie differenziert zu interpretieren: Sie erkennen Aggression, Unterwürfigkeit, Angst, Dominanz, Nervosität, Freundlichkeit. Die Bedeutung des Tonfalls kann nicht überbewertet werden: Wie man in den Wald ruft, so schallt es zurück.

Regel Nr. 3
Entferne dich langsam und ohne den Bären aus den Augen zu lassen. Verdeutliche ihm mit Stimme und Körperhaltung, dass du keine Gefahr für ihn, seine Jungen oder das für ihn Schützenswerte darstellst.

Selten führt die Einhaltung der ersten drei Grundregeln nicht zum gewünschten Resultat, und es kommt zu einem Angriff eines Bären auf einen Menschen. Nach meinen bereits eingangs geschilderten Erfahrungen etwa bei jeder 9375. Bärenbegegnung. Mehr als neunzig Prozent dieser Angriffe sind Scheinattacken: In vollem Galopp rennt der Bär auf den Menschen zu, nur um ganz kurz vor dem physischen Kontakt abzudrehen oder am Angriffsziel vorbeizurennen. Ein reines Einschüchterungsmanöver.

Es braucht sehr starke Nerven, um in einer solchen Situation nicht in Panik zu geraten, sondern ruhig stehen zu bleiben. Zum Davonrennen bleibt ohnehin keine Zeit, denn um zwanzig Meter zu überbrücken, braucht ein Bär zwei Sekunden. Und wie bei jedem großen Raubtier gilt auch beim Bären: Davonrennen verboten, denn das könnte seinen Jagdreflex auslösen. Man sollte stehen bleiben und mit ruhiger Stimme das aufgebrachte oder gestresste Tier zu besänftigen versuchen, auch dann, wenn es die Scheinattacke wiederholt.

Von meinen eigenen vier Erlebnissen dieser Art waren zwei nur angedeutete Scheinangriffe, sogenannte »hop-charges«. Dabei macht der Bär nur einige kurze und schnelle Schritte in Richtung des Störenfrieds, um sich dann umzudrehen und davonzurennen.

Wenn es zum Allerschlimmsten kommt, einem Körperkontakt mit einem Bären nämlich, dann ist das heftig, und der Angegriffene wird dabei umgerannt. Die einzige mögliche Reaktion ist jetzt, sich mit hinter dem Kopf gefalteten Händen am Boden zusammenzurollen und sich tot zu stellen. Vermutlich – hoffentlich! – wird der Bär dann ablassen und sich zurückziehen. Bleibt einem Zeit, vor dem Körperkontakt zu reagieren, und ist man korrekt ausgerüstet, dann kommt die letzte Maßnahme für den wirklichen Notfall zum Einsatz: der Pfefferspray.

Regel Nr. 4
Wer sich ins Bärenland begibt, trägt immer einen vollen Pfefferspray auf sich. Im Winter kann er auch gegen Pumas oder Hirsche nützlich sein, in gewissen Ländern gegen streunende Hunde.

Pfefferspray ist keine Wunderwaffe und der Besitz allein noch keine Lebensversicherung, was mir in Südostalaska ein Franzose trefflich vorführte. Ich stand an einer Flussmündung und beob-

177

achtete sieben Braunbären, die im Fluss nach Lachs suchten, als der Mann unverhofft auftauchte. Einige Schritte von mir entfernt stellte er ein Stativ auf und begann zu fotografieren. Ich sah aus seinem Rucksack, den er nach wie vor auf dem Rücken trug, einen Pfefferspray hervorlugen. Später kam ich mit ihm ins Gespräch. »Wie schnell haben Sie diesen Pfefferspray zur Hand, wenns brenzlig wird?«, fragte ich ihn und deutete auf seinen Rucksack. »Oh, das dauert höchstens eine Sekunde!«, gab er zuversichtlich zurück.

»Das interessiert mich, würden Sie mir das demonstrieren?«, fragte ich scheinheilig und erntete dafür eine Vorführung der Sonderklasse. Wie eine übermütige Katze auf der Jagd nach ihrem eigenen Schwanz begann der Mann sich im Kreise zu drehen. Angestrengt bemühte er sich, nach hinten zu fassen und den Pfefferspray auf seinem Rücken in die Hand zu bekommen. Vergeblich. Dieser Mann würde eine ernst gemeinte Bärenattacke keinesfalls überleben, jedenfalls nicht mithilfe seines Pfeffersprays. Es sei denn, der Bär erstickt an einem Lachanfall.

Zugegeben, auch ich hatte meinen Pfefferspray anfangs alles andere als griffbereit. Einmal trug ich ihn ungesichert in einer Seitentasche meiner Wanderhose, und als ich mich zum Schuhebinden bückte, drückte das Gestell meines Rucksacks so auf den Abzugsbügel, dass er losging und nicht nur ein Großteil meiner Ausrüstung in Sondermüll verwandelt wurde, sondern ich mir außerdem die Haut dermaßen verbrannte, dass ich tagelang Qualen litt.

Regel Nr. 5
Trage den Pfefferspray griffbereit in einem Halfter an der Hüfte. Trainiere das Ziehen des Sprays vorgängig, wie dies ein Revolverheld tun würde.

Es gibt für Pfeffersprays auch Brusthalterungen, ich persönlich fühle mich aber nicht wohl beim Gedanken, die Dose in der Hektik direkt vor meinem Gesicht durchzuziehen. Während des Wanderns sollte man sich von Zeit zu Zeit vergewissern, ob der Pfefferspray noch richtig im Halfter sitzt und sich problemlos herausziehen lässt. Neun von zehn gefährlichen Bärenbegegnungen ereignen sich für beide Seiten überraschend.

Der Begriff Pfefferspray ist irreführend, sein Inhalt hat nichts mit Pfeffer zu tun. Vielmehr werden stark reizende Alkaloide aus den Früchten von Chilipflanzen verwendet. Die gehören nicht zu den Pfeffer-, sondern zu den Nachtschattengewächsen. Innerhalb dieser Familie bilden sie die Gattung Capsicum: Paprika.

Betätigt man den Abzug eines gefüllten Pfeffersprays, so schießt aus der Düse ein scharfer, kegelförmiger Strahl, etwa zehn Meter weit. Nach wenigen Sekunden ist der Behälter leer! Deshalb betätigt man den Abzug nur in kurzen Intervallen. Aus größerer Entfernung abgefeuert, bleibt die Waffe völlig wirkungslos. Auf Bärenfell gespritzt, egal an welcher Körperstelle, ebenso. Damit der Chili-Cocktail seine Wirkung entfalten kann, muss der Bär möglichst viel von der Wolke direkt ins Gesicht bekommen, denn die aggressiven Substanzen wirken ausschließlich auf die Augen-, Mund- und Nasenschleimhäute. Je näher sich der Bär also befindet, desto besser. Nicht für ihn, aber für Sie!

Regel Nr. 6
Der Pfefferspray wird erst ausgelöst, wenn der Bär noch etwa fünf Meter entfernt ist.

Regel Nr. 7
Es wird mit dem Strahl ausschließlich das Gesicht des Bären anvisiert. Alles andere ist nutzlos.

Aus eigener Erfahrung kann ich nur von einer einzigen Anwendung des Sprays berichten. Im Juni 2009 führte ich eine Dreiergruppe auf der Alaska-Halbinsel durch ein Bärengebiet. Wir standen in einer Seggenwiese und beobachteten einige Bären beim Fressen. Einen von ihnen, eine junge Bärin mit blondem Fell, nannte ich Miss X, weil sie ungewöhnlich stark ausgeprägte X-Beine hatte.

Wir standen also am Waldrand, und jeder der anwesenden Bären hatte von unserer Ankunft Notiz genommen, ohne sich durch unsere Anwesenheit stören zu lassen. Plötzlich hob Miss X ihren Kopf und blickte aufmerksam zu uns hinüber. Dann machte sie sich gemächlich auf in Richtung Waldrand. Etwa fünfzig Meter von uns entfernt drang sie in den Wald ein, und wir verloren sie aus den Augen, bis sie unmittelbar vor uns aus den Bäumen hervortrat und uns in einer Entfernung von nunmehr sechs Metern gegenüberstand.

Meine Klienten hatten sich hinter mich gedrängt, und ich begann ruhig mit Miss X zu reden: »Hey Lady, was tust du da? Wo willst du hin?« Sie blickte mich an und begann in einem engen Kreis um uns herumzugehen.

Ich ließ das Weibchen nicht aus den Augen, drehte mich mit ihr, und hinter meinem Rücken taten es mir meine Klienten gleich, sodass ich immer zwischen ihnen und Miss X stand. Die Bärin versuchte, sich uns weiter zu nähern, obschon sie massenhaft freien Platz um sich herum hatte. Mein Tonfall wurde bestimmter, ich wollte Dominanz demonstrieren: »O nein, du bleibst dort! Verschwinde!« Sie blieb stehen, zog ihre Vordertatzen zurück, entfernte sich ein par Schritte, drehte sich dann wieder zu uns um.

Erneut vertrieb ich sie, worauf sie wegtrottete und sich schließlich, als ginge sie das Ganze nichts mehr an, auf ihre Hinterbeine aufrichtete, um sich den Rücken an einem Baum zu kratzen. Aber – sie näherte sich uns erneut, kam diesmal auf vier Meter heran. »Verschwinde von hier!«, herrschte ich sie an, zog gleichzeitig den Pfefferspray aus dem Halfter und entsicherte ihn. Sie kletterte auf eine kleine Erhebung hinauf, blieb stehen und schien zu einem Sprung zu uns hinunter anzusetzen, da richtete ich den Spray auf ihr Gesicht und drückte eine halbe Sekunde lang auf den Abzug. Mit scharfem Zischen entwich der Strahl aus der Düse, und die Bärin machte erschreckt einen Satz in den Wald hinein und war weg. Die Pfefferwolke hatte sie gar nicht erst erreicht, das fremdartige Zischgeräusch hatte genügt, um sie zu erschrecken und zu vertreiben.

Übrigens: Ich habe schon gehört, dass Leute ihr Zelt oder gar sich selbst damit eingenebelt haben, als wärs ein Mücken- oder Sonnenschutzmittel. Das nützt gegen eine Bärenattacke nicht das Geringste, außerdem wird das Zelt unbrauchbar: Der beißende Geruch hält sich monatelang im Gewebe. Von den Schmerzen auf der Haut gar nicht zu reden.

Regel Nr. 8
Neun von zehn Bärenangriffen sind Scheinangriffe. Stehen bleiben und nicht davonrennen! Flucht könnte den Jagdreflex auslösen und die Situation verschärfen.
Gesunde Angst kann einem das Leben retten. Man soll auf seine Instinkte hören; verhält sich ein Bär seltsam, entfernt man sich besser. Doch solche Erlebnisse kann ich nach fünfundzwanzig Jahren Felderfahrung an einer Hand abzählen. Aus meiner allerersten Begegnung mit einem Bären und dem tragischen Ende von Timothy Treadwell lassen sich die letzten meiner Grundregeln ableiten.

Regel Nr. 9

Durchgangskorridore soll man den Wildtieren überlassen; das Campieren in ihrer Nähe ist zu unterlassen.

Regel Nr. 10

Kein Campieren in der Nähe von wichtigen Nahrungsvorkommen. Die Ufer von Lachsflüssen sollen gemieden und das Campieren inmitten von beerentragenden Büschen unterlassen werden.

Ziehen im Fluss die Lachse vorbei und ich schlage unweit des Ufers mein Zelt auf, womöglich noch just da, wo Heidelbeeren reifen, dann ist das so, als würde ein Bär seinen Schlafplatz mitten in unserer Küche einrichten. Wir sollten uns dem Bären gegenüber in seinem Wohnzimmer angemessen verhalten. Das hat nicht nur mit Respekt zu tun. Sondern auch sehr viel mit Vernunft.

Regel Nr. 11

Bewahre alle Esswaren mindestens 200 Meter von deinem Zelt entfernt auf. Am besten an einem Seil in mindestens vier Metern Höhe zwischen Bäumen aufgehängt. Nicht zu nahe am Stamm, denn Bären können klettern.

Regel Nr. 12

In Gebieten mit dichter Bärenpopulation aufgestellte Zelte sollen mit einem Elektrozaun geschützt werden. In Gegenden mit geringer Populationsdichte kann auf diese Vorsichtsmaßnahme verzichtet werden – sofern alle vorhergehenden Regeln beachtet wurden.

Die meisten meiner hier genannten Verhaltensregeln, das möchte ich hier klar und deutlich festhalten, beziehen sich spezifisch auf den Braunbären. Wer einen Ausflug in nordamerikanisches Bärenland plant, sollte dringend Folgendes beachten: Der dort ebenfalls heimische Schwarzbär ist eine andere Art, die ein teilweise stark abweichendes Verhalten an den Tag legt.

Ausklang

Ich möchte bis an mein Lebensende eine Stimme sein für die Stimmenlosen. Für die Bären und die Schmetterlinge, für die Affen und die Pfeilgiftfrösche. Und für deren Lebensräume. Ich möchte eine Stimme bleiben für ein vernünftigeres Zusammenleben mit Tieren und Pflanzen, für ein besseres Verständnis zwischen Mensch und Natur.

Wie in diesem Buch verschiedentlich erklärt, geht es mir nicht allein um den Bären, sondern um ein ganzheitliches Umdenken, um einen respektvolleren Umgang von uns Menschen mit der Erde und ihren Geschöpfen.

Einer meiner großen Helden ist John Muir (1838–1914), der Gründer des Yosemite-Nationalparks in den USA. Er war ein Pionier des Umweltschutzes. Noch im hohen Alter erkletterte er während eines Sturms eine große Pinie, um das Unwetter in vollen Zügen miterleben zu können, und beschrieb anschließend seine eindrückliche Erfahrung.

Wir müssen wieder auf die Bäume klettern, vermehrt im Wald kniend an Blumen riechen, in Ruhe dem Plätschern eines Wildbaches zuhören, im Regen spazieren gehen und wie damals als Bub einen Regenwurm vom Trottoir aufheben und ihn ins rettende Gras legen.

Ein weiterer großer Kämpfer, dessen Arbeit ich bewundere, ist Bruno Manser. Der Erhaltung des indonesischen Regenwaldes und seiner Bewohner verschrieb er sich buchstäblich mit

Leib, Seele und schließlich gar seinem Leben. Es schmerzt mich unheimlich, dass die Wälder, für die er – so müssen wir wohl annehmen – sein Leben gelassen hat, noch immer gnadenlos zur Gewinnung von Palmöl gerodet werden, welches wir in unseren Kuchen und Guetslis vom Großverteiler wiederfinden.

Es schmerzt mich unheimlich, zu wissen, dass die Weltmeere von den großen Fischfangflotten zugrunde gerichtet werden, dass ganze Unterwasserökosysteme ausradiert werden und unserem unstillbaren Hunger nach mehr und immer mehr zum Opfer fallen.

Es wird mir übel, wenn ich an all die Grizzlys, Wölfe, Löwen, Steinböcke, Nashornvögel, Zebras und die vielen anderen Arten denke, die eben dieses Jahr noch in einer Trophäensammlung landen, tot, verschwendet.

Die Wege des Öko-Aktivismus sind nicht die meinen, daher bleibt mir nur, mich für meine größten Anliegen mithilfe meiner geführten Reisen einzusetzen, mit Schilderungen meiner Erlebnisse und Erfahrungen mit Bären in verschiedenen Wildnisregionen, um so zu einem größeren Bewusstsein für die Bedürfnisse der »anderen« beizutragen.

Jedes Jahr ist es für mich auf meinen Wildnistrips in Russland, Alaska und Kanada aufs Neue eine Herausforderung, das Vertrauen der Bären zu gewinnen, sodass sie sich durch meine Anwesenheit nicht gestört fühlen und ihre täglichen Bedürfnisse und Gewohnheiten nicht ändern. Ich erlebe dieses friedliche Nebeneinander jedes Jahr mit den Küstenbraunbären und den als aggressiver eingestuften Grizzlys. Ich bin deshalb überzeugt, dass es Wege gibt, mit Bären und der Natur zu koexistieren, auch in vom Homo sapiens dichter besiedelten Gegenden.

Unsere heutige Beziehung zur Natur ist in den meisten Teilen der Erde eine sehr einseitige. Wir erlauben nichts Unvorhergesehenes und nichts, was uns in unseren Aktivitäten behindern oder einschränken würde, denn die Natur muss gebändigt, gezähmt, domestiziert werden. Viele Menschen glauben etwa, Bären seien von Natur aus nachtaktiv. Tatsächlich sind sie von Natur aus tagaktiv. Sie haben ihre Aktivitätsphasen nur dort in die Nacht verlegt, wo menschliche Präsenz und Tätigkeiten wie Forstwirtschaft, Jagd und Massentourismus überhandgenommen haben.

Mir schwebt eine derzeit vielleicht etwas idealistische Zukunftsvision unserer Koexistenz mit der Natur vor. Und vielleicht bin ich tatsächlich auch ein Träumer, aber was wäre das Leben ohne einen großen Traum?

Im Juni 2011 stand ich am Rande einer Seggenwiese an Alaskas Küste vor Blueface und ihren drei inzwischen anderthalbjährigen Jungen. Mit Tränen in den Augen, gerührt darüber, dass die Bärin meine Gegenwart so vollkommen akzeptierte, dass sie ihre Jungen unmittelbar vor meinen Füßen schlafend säugte, während sie mir nur wenige Tage zuvor noch scheu ausgewichen war. Es ist mein innigster Wunsch, dass die Kinder meiner Kinder noch zu solchen Tränen gerührt werden. Die anderen Tränen, die der Traurigkeit über das, was wir Menschen mit unserem Planeten anstellen, dürfen ruhig versiegen, falls unser Respekt der Natur gegenüber eines Tages wieder zur Selbstverständlichkeit werden sollte.

Ein Geschenk

Im August 2011, als dieses Buch bereits fertig geschrieben und lektoriert ist und kurz vor seiner Drucklegung steht, will es das Glück, dass ich abermals in den Süden Kamtschatkas fliege, um eine siebenköpfige Reisegruppe zu führen. Keinen Tag dort, stoße ich an den Ufern meines geliebten Kambalnoy-Sees auf eine Bärin, die mir wegen ihres auffallend hellen Fells schon aus großer Distanz auffällt. Sofort denke ich an Sky, mein Lieblingsadoptivkind von 2004, und als ich mich ihr nähere, zeigt die stattliche Bärin tatsächlich nicht die geringste Scheu, sondern akzeptiert meine Nähe sofort. Und dies, obschon sie mit drei Eineinhalbjährigen unterwegs ist! Ich gehe bis auf wenige Meter auf sie zu, rede mit ihr, und als ich sie mit dem altbekannten Lockwort »Fisch!« anspreche, hebt sie sofort den Kopf und schaut mich aufmerksam an. Ich wiederhole dieses Wort mehrmals, und immer reagiert sie auf dieselbe intensive Weise. Klar, Sky ist unterdessen um einiges schwerer als noch vor sieben Jahren und hat sich körperlich sehr verändert, aber ich bin mir beinahe sicher, sie endlich wiedergefunden zu haben.

Erst als ich meine Aufmerksamkeit ihren Jungen zuwende, fällt mir auf, dass eines der drei sich stets etwas abseits hält. Aber erst als die Bärin dem Kleinen energisch entgegentritt, um es ganz offensichtlich zu verscheuchen, wird mir klar, dass es sich bei diesem Jungen um eine Waise handeln muss, die eine neue Familie sucht. Das Kleine reagiert auf den Verscheuchungsversuch, indem es auf Distanz geht. Allerdings nicht viel weiter als ein paar Meter, genau die Entfernung, in der es die Adoptivmutter gewähren lässt. Es wartet dort ein paar Minuten und sucht dann erneut Familienanschluss. Ich bin mir ziemlich sicher, dass diese Annäherungsversuche nicht erst heute begonnen haben. Während des Tages, ich bleibe fasziniert bei den vier Bären sitzen – ich kann nicht anders, und meine Reisegruppe sieht mir dies zum Glück nach und leistet mir Gesellschaft –, wiederholt sich diese Szene mehrmals, wobei jedoch die Verscheuchungsversuche seitens der Bärin immer halbherziger werden.

Am nächsten Morgen reagiert die Bärin immer noch eher feindselig auf ihr neues Kind, scheint es aber im Verlaufe des Tages zunehmend zu akzeptieren. Ihr eigener Nachwuchs zeigte schon gestern Freude am fremden Bärenjungen und scheint diesen inzwischen definitiv als neuen Lebens- und Spielgefährten akzeptiert zu haben. Am Tag meiner Abreise kann ich immer noch nicht vollends sagen, ob die Bärin das ihr zugelaufene Bärenkind bei sich aufnimmt oder nicht, das letzte Bild aber, das ich von den vieren in meinen Kopf verewigt habe ist dies: Sky steht am Ufer und hält Ausschau nach Lachsen, und ihre zwei Kinder lassen das dritte Bärenjunge ganz nah an sich herankommen und spielen mit ihm.

Dass Sky, eine wilde Braunbärin, die als Adoptivkind zweier menschlicher »Mütter« aufgewachsen ist, nun ihrerseits ein Waisenkind adoptiert, beglückt mich. Zugegeben, ich kann Sky nicht mit hundertprozentiger Garantie identifizieren, aber ein Gefühl tief in mir drinnen sagt mir, dass sich mein Wunsch, sie zu finden, mit größter Wahrscheinlichkeit erfüllt hat.

Reno's World

Nachwort von Prof. Dr. med. vet. Bernd Schildger

Reno Sommerhalder entführt uns mit seinem Buch »Ungezähmt«. Er entführt uns in die fantastische Welt unseres eigenen Geistes. Bilderbücher, die dem Götzen des Megapixelreiches huldigen, gibt es zur Genüge. Keines erreicht, was Reno Sommerhalder in seinem Buch gelingt – die Bären leben in unserem Geist. Wir landen mit Reno im alten Armeehubschrauber in Kamtschatka, wir ernähren uns von kargen Vorräten, und wir betreuen und erleben kleine Bären auf ihrem Lebensweg in die Weite der einzigartigen Naturlandschaft.

Wie gelingt dies Reno, der sich bislang nicht als sonderlich mitteilsam hervorgetan hat, der kein Wissenschaftler ist mit der diesem Menschenschlag eigenen Diktion? Nun, eigentlich ist die Antwort einfach – er und mit ihm das Buch ist authentisch und glaubhaft. Reno Sommerhalder hat nicht nur wie viele andere zwei oder drei Sommer mit Bären verbracht, sondern mehr als zwei Jahrzehnte mit Bären überlebt. Überlebt im wahrsten Sinne des Wortes, gefressene Bärenfachleute gibt es einige. Sieht man Reno im zivilisierten Bern, wo ich ihn schon oft getroffen habe, wird einem sofort eine besondere Art von Naturnähe bewusst, die vorgelebt und nicht gespielt ist. Sie zeigt sich nicht nur bei seinen nackten, gegerbten Füßen und seinem vollen Bart, sondern auch in seinen Bewegungen und der Art, wie er spricht. Man hat das Gefühl, einem humanoiden Braunbären gegenüberzustehen. Seine klare, von der Liebe und Faszination zum Mitgeschöpf Bär geprägte Sprache überzeugt den Lauschenden. Und sein Wissen um und über die Bären beeindruckt jeden. Wie Reno ist eben auch das Buch. Eigentlich ist es kein Buch, sondern irgendwie Reno und irgendwie Bär und Natur. »Ungezähmt« entführt uns in die Welt des Reno Sommerhalders und der Bären – und wir folgen ihm gern. Wer einmal angefangen hat, das Buch zu lesen, liest es zu Ende – und dies mit Freude und Wehmut. Freude, weil es in unserem Kopf unsere Fantasie entlässt, Wehmut, weil es tatsächlich einen Menschen gibt, dem zu folgen uns nie möglich sein wird. Aber das ist vielleicht auch gut so – zumindest für die Bären.

Bernd Schildger
Bern, 13. September 2011

Prof. Dr. med. vet. Bernd Schildger ist Direktor am Tierpark Dählhölzli und kämpft schon seit vielen Jahren für seinen Tierpark, seine Tiere und insbesondere die Bären und deren neue Bärenparkanlage. Bernd Schildger und Reno Sommerhalder kennen und schätzen sich schon seit Jahren.

Thank you!

Mama Claire und Papa Bruno! Ihr seid die Größten. Ich danke Euch für vieles, vor allem aber dafür, dass Ihr mir immer meine Freiheit gelassen habt, vor allem damals, als es mich aus der Schweiz wegzog. Eure Unterstützung, oft passierte sie ganz im Stillen, hat mir immer viel bedeutet.

Meiner lieben Tante Stella danke ich aus ganzem Herzen für die Unterstützung im Jahre 2004. (Sie weiß, wovon ich rede!)

Mireille und meiner Tochter Isha möchte ich danken, dass sie mich während meiner langen Absenzen in der Wildnis immer unterstützt und verstanden haben.

Natürlich bin ich sehr glücklich und dankbar für das Vertrauen, das mir Charlie Russell entgegengebracht hat, als er mich 2004 fragte, ob ich ihn an den Kambalnoy-See begleiten würde. Charlie – es war eine wundervolle Zeit!

Ein großer Dank geht an Tom Nave, Susan Cox und Uriah Strong. Jahrelang konnte ich auf ihre Unterstützung und endlose Großzügigkeit in Alaska zählen. Und ein ebenso großer Dank geht an Martha Madsen von »Explore Kamchatka«. Sie hat mich 2003 zum ersten Mal als Bärenguide und Bear-Safety-Instruktor nach Kamtschatka geholt. Ein großes Dankeschön auch an Peter Poole. Seine jahrelange Unterstützung und Freundschaft bedeuten mir ebenfalls viel.

Und dann ist da Gabriella Baumann-von Arx, die Verlegerin vom Wörterseh Verlag. Ohne ihr engelhaftes Vertrauen gegenüber mir und meiner Arbeit wäre dieses Buch nicht zustande gekommen. Ein Dank geht auch an ihr ganzes Team, allen voran an die beiden Lektoren Jürg Fischer und Andrea Leuthold.

Dass Bernd Schildger sich die Zeit genommen hat, mein Buch zu lesen und mir ein Nachwort zu schenken, ist bärenstark. Danke, Bernd!

Joe Lienert danke ich für seinen wertvollen Einsatz während der Anfänge dieses Buches und für den wunderbaren Buchtitel.

Für meinen Bruder und Ghostwriter Jürg empfinde ich Stolz und sage tausendfach Danke. Dafür, dass er mir sein Können und seine kostbare Zeit, die er auch seinen Kindern stehlen musste, zur Verfügung gestellt hat und dieses Buchprojekt in so kurzer Zeit möglich machte.

Meinem Schatz Andrea gilt der grösste Dank. Für das Geschenk der kleinen Ara, das wir uns gegenseitig in Russland gemacht haben. Und für ihre Geduld (oh Boy!), ihre Ratschläge und vor allem ihre Toleranz während der Entstehung des Buches.

Und meine letzten und vielleicht wichtigsten »thank you's« gelten den Bären – auch wenn sie es nicht hören. Als Wegweiser und Seelenträger waren und sind sie mir von enormer Bedeutsamkeit. Mit meinem ganzen Herzen hoffe ich, dass ich mit meinem Tun etwas für den Schutz unserer vierbeinigen »Brüder« erreichen kann.

Mit einer großen Bärenumarmung an alle!

Reno Sommerhalder

RUSSLAND

KAMTSCHATKA

BERINGMEER

BERINGMEER

ALASKA

DENALI-
NATIONAL-
PARK

Anchorage

KATMAI-NATIONAL-
PARK

Kodiak

PAZIFIK